ハウジングストーリー

Housing Story

伝えたい言葉　届けたい想い

香月敬民

プロローグ

暑いと感じて目が覚めた。

十時。

もう随分日は高く上っている。冬はとうに終わった。それが確信になるほど暑さを感じる朝だった。

目覚ましは勝手に止めていたようだ。いつものことだ。

大きく背伸びをした後、足を上にあげ、反動で起きた。

マイセンに火を灯す。ゆっくり煙を吐き出した。もう一回深く吸い込む。頭が少しずつ起きだしてくるようだ。一本のタバコをゆっくり吸った。

この朝の儀式が三十年ほど毎日続いている。ただ一度の休みもなく。

俺はそのタバコをフィルターが焦げる寸前まで吸い、机の上にある灰皿で揉み消した。フィルターに火が回ることを嫌がった娘の顔が浮かんだ。

布団をたたむ。このあたりは自分で言うのも何だが几帳面だ。

一階に下りていき、顔を洗い、髭を当たった。

もう、一人になった俺にとって、この二階建ての家は広すぎるのかもしれない。ほとんど寝ることしかないのだ。

それでもなぜかここを引き払う気になれない。四人で住んでいたこの場所を、守りたいという気持ちが俺にも少しはあるのだろう。


身支度を整えた後、バイクで市場から店に向かった。

日は高く上っている。そろそろ半袖でもいいのだろう。空気は既に冬の張り詰めたものからは別のものに変化していた。

二十年続けた俺の店。

カタギになってはじめた居酒屋。開店の時には、当時の知り合いが詰め掛けてくれた。

俺の中には嬉しさがあったが、路上に黒塗りのベンツが行列をなして、辺りが騒然となった。

あれ以来二階にあるこの店は地域から完全に浮いた。お陰で少々の駐車では文句も出ないが、その代わり地域の方がお客として来ることはない。そういう面では良くもあり悪くもありといったところだろうか。

ギリギリで生活出来るだけの稼ぎは得ているが、正直これから先が不安になることもある。しかし何とか一人娘を嫁がせることが出来た、それだけでも俺は満足している。

シャッターを上げ、二階に上がった。

かなり急な階段。酔っ払いが二度ここから転げ落ちた。

鍵を開ける。俺の城。二十年間見続けた戦場であり、俺が唯一安らげる場所だ。

火を入れる。おでんの寸胴。沸騰するまでの十五分ほどを新聞を見て過ごす。

沸騰したのを確認し、火を止めた。出汁の味を見る。

新しく出汁を取り、鍋を火にかける。タバコにも火をつけた。娘が嫁いでから誰も止めるもんがいなくなった。

開店まであと五時間。また今日も、一日を戦い抜いた奴らがこの店を訪れる。

オッサンが一人でやっているこの店で、癒しだなんだとか言うつもりはないが、せめて明日への活力を得て帰ってほしい。そういう想いで二十年やってきた。

今日来る奴らも、みな居場所を求めて来てる奴らだ。俺が出来ることなんてたかがしれてるが、来てくれるお客には精一杯尽くしたい。それが唯一の想いだ。


ここは、おでん屋『多幸八』かみさんと二人で作った店だ。

店をはじめた頃は、かみさんの愛嬌の良さでお客も多かった。俺の愛想悪さがかき消されるくらいの光を放っていた。

かみさんが倒れたのは五年が過ぎた頃だった。

俺が頼りきっていたということが、その時痛いほど分かった。感謝を形にしたい。そう思っただけでそれを実現出来ないまま、彼女は旅立っていった。

娘が小学校六年の時だった。

気丈に育った娘は、俺に心配かけまいと、涙を見せようとしなかった。

落ち込んでいたのは、どちらかというと俺の方だったのかもしれない。

すぐに娘が店に顔を出すようになった。

それから十年ちょっと、娘はかみさんの代わりに店を手伝いだした。

容姿はかみさんより俺に似ていた。だが気性はかみさんそのままで、お客みんなに愛された。そんな娘の姿を見て、俺は何度も助けられた。

娘が高校を卒業して以来、店に大学生のアルバイトを雇うようになった。娘の負担を減らそうと思ったのと、店に若いエネルギーを取り入れたいと思ったからだ。まさかそのアルバイトの一人と娘が結婚に至るとは思ってもいなかったが、娘が幸せになることを喜ばない父親はいない。俺もそんな父親の一人だったようだ。

娘がいなくなって四年。

少しは丸くなってきたようだ。かみさんや娘がしてくれていたことを、何とか俺自身が出来るようになってきた。雰囲気。少しはお客の為に尽くせるようになってきた。

おでんの具を仕込みながら、今日来てくださるお客に、この店でしか出来ないことをしたい、そんな想像をしながらワクワクしていた。

マイセンに火を点ける。娘にあれだけ止めるように言われたタバコだったが、これだけはなかなか止められなかった。

日頃お客には、酒とタバコ、どちらか止めるんだったらタバコを止めると言っていたが、結局どちらも止められそうにない。

のれんを出してしばらくして伊庭がやってきた。

十五年ほど、ほとんど毎日顔を出している。いつも黙ってニコニコしながらビールを傾ける。二人でいる間はあまり会話もないが、他のお客がやってきた時は何となく一緒に盛り上がる。

ツケが貯まってきてはいるが、こいつがいつもいることが、俺は嬉しかった。

「伊庭、今日は何ば食うね？」

「うん、マスターに任せるよ」

「お前はいつもそげんあるね。じゃあ今日は特別におでんの新しいネタばご馳走しちゃろう」

六時を廻り、いつものメンバーが顔を出し始めた。

みんなここでの仲間との時間を楽しんでいるんだろう。お互いに言いたいこと言いあって、楽しい酒を飲む。そういう場所がみんな欲しいんだ。

みんなのお陰で今を生きていれる。

仕事とはいえ、仲間達と過ごすこの時間が、俺にとってはなくてはならないものだ。

さぁ、今日はどんな出会いがあるんだろう。

ハウジングストーリー

第一章

メンバー細川

今日も雲ひとつなく、空気が澄んでいると思えるすっきりした天気だ。春はその歩みを止め、すべての目覚めを促していた。

窓を開ける。風が香った。

何かの花の匂いだ。何なのか僕には分からない。でも春を迎えたことを歓迎する花が確かに香った。それが今の気持ちを象徴しているかのように感じた。

新しい場所でのスタートを迎えている。

異動の辞令があったのが一週間前。新たな環境が好きな僕にとって、異動は転換イベントのようだった。

ヘビが脱皮するように、僕も新たな姿に脱皮する。古いしがらみを脱ぎ捨てて、新しい自分になる。異動にはそんな意味があるんじゃないかと思っている。

そう言えば、脱皮しない蛇は死んでしまうらしい。このまえ本で読んだ。

それも渡辺さんの言葉が深く心に刺さっているからだろう。前の上司で尊敬している方だ。

『留まることは後退していることと同じだぞ』

それもそうだと納得して以来、僕は異動することが何か自分自身にとって良いことかのように思っている。

今までのメンテナンスの仕事から、営業の仕事へのコンバート。

もちろん不安はあるが、どんな仕事にも学びがあるはずだ。僕のこれからの成長を考えるとワクワクしていた。

入社したとき振りに着るスーツに袖を通した。

お腹周りが少しきつくなったようにも思えるが気のせいだろう。何しろ五年もほとんどスーツを着なかったんだから、縮んだに違いない。

就職活動中と間違われてもしょうがないような格好で僕は事務所に向かった。

いつも来ている会社だが、また何か新鮮な気持ちが体を包み込む。小倉の駅前、目の前でそびえ立つビルまで新しく見えたくらいだ。

エレベーターで五階に上がる。昨日までの一つ下の階だ。

ドアが開くと、今までと違う景色が僕の前に広がった。

営業部。同じビルの中にあるとはいえ、ほとんど電話だけのやり取りで、足を踏み入れるのは初めてだった。

何か異様な雰囲気があった。

事務課の女性にいざなわれ、僕は営業三課に向かった。

奥の方に位置するデスク。リーダーを教えてもらい、早速挨拶にいった。

「細川です。今日から宜しくお願いいたします」。

肩越しに「おぅ」と言ったその男は、こちらを振り向きもせず、ただパソコンに向かって黙々とマウスを動かしていた。

肩からはめんどくさいというオーラが立ち込めていた。

「あのう、細川と言います」

「あぁ、知ってるよ。自分の出来ることにさっさと手をつけな。時間が惜しいんでね」

そう言って、またマウスを動かした。

よっぽど忙しいときに声を掛けてしまったのだと、僕は自分を責めた。

デスクに腰を下ろした。電話が一台置いてあるだけの殺風景な机だった。

「遠藤さん、ちょっと機嫌が悪いみたいでさ。まぁ気にすんな」

梅澤さんとはメンテナンス部門の時からよく話をしていた。お客様の評価の高い営業で、僕もよく助けてもらっていた。

耳元でコソコソと伝えてくれたおかげで、その男の名が、遠藤というのだと初めて知った。

「梅澤さん、改めて宜しくお願いいたします」

「あぁ、最初は分からないことも多いと思うけど、何でも聞いてくれ」

「はい、ありがとうございます」

住宅会社に就職した僕が、いきなり営業ではなく、メンテナンス部門に在籍させて頂いたのは幸運だった。

暮らしを続けるお客様が、何を不便に思い、どんな後悔が残っているのか、こう言うと不謹慎なのかもしれないが、そんな大切なことを学ばせて頂いた。

あるお客様は、提案通りつけたカウンターをまったく使わず、足りない収納を家具で補うためにそれが邪魔になり、入居三年でカッターを入れた。こんな無駄なものに出費をしたことを悔やんでいた。

別の方は、展示場で見ていいと思った吹き抜けをそのまま採用し、冬の寒さにうんざりしていた。こんなことになるんだったら……、言葉が寂しげだった。

その数多くの不満が、僕に提案力というものを授けてくれた、そんな自惚れすら生まれていた。

とは言っても、営業という仕事に当然戸惑いもあった。

一から商品を売り歩く、そんなことが僕に出来るのだろうか……。やはり不安は消えなかった。

「細川君、どこへ行っても当たって砕けろだ。明るく砕けまくれば何の心配もないよ」

青木さんが僕の肩を叩いた。

底抜けにプラス思考な青木さんは、いつもさわやかで、メンテナンス部門にいた時から、この明るさの根源は何だろうといつも不思議に思っていた。この人と一緒にいると、不思議に何でも出来てしまうような錯覚に陥ってしまう。

「そんなもんですかね」

「ああ、そうさ。やってみないと何も分からないだろう。やってみるからこそ、何が足りないか、何をすればいいかが分かりだすんだ。だから砕けるのを心配することなく、とにかく行動し続けることだよ」

説得力があるのかどうだか分からなかったが、どんなことにもへこたれない人なんだろう、それだけは分かった。

遠藤さんだけはメンテナンス部門の時に絡みがなかったが、梅澤さんと青木さんは何度か話したこともあり、緊張感も和らいだ。

大豪ホームは今年で創業三十五年。老舗の住宅メーカーだ。

ここ北九州でもそこそこ有名になっている。どこか男らしさを感じるような、頑丈さが売りの家だ。巷では、ホームを邸と変えて読んで、『大豪邸』と呼ばれているらしい。だがその名に恥じない性能は持っているんじゃないかと思っている。

営業としての基本的な行動について、梅澤さんが教えて下さった。

商品知識は現場で培ってきたにしても、どう伝えるのか、そこはまったく分からなかった。

特に大豪ホームの知識しかないので、一般的な家とどう違うのか、その辺りを伝えることはまだ無理だった。

「今まではうちの家の知識を高めることが一番大事だったと思うけど、これからは今まで以上に他の会社や違った構造のことなんかも学ばないといけないよ。一般論がどれだけ語れるか、それがプロの住宅営業の第一歩だからね」

実際梅澤さんの打ち合わせに同行させて頂いたが、宮大工の作る木造建築から鉄骨メーカーに至るまで、その知識の豊富さにはびっくりさせられた。

しかも本質的なところをついているので、本当に分かりやすい。表面的な誹謗中傷なんかではなく、建築そのものをお客様に理解頂きたいという姿勢が見て取れた。

家というものが本当に好きなんだろうな。そんなことを感じた。


「何でそんなことも分からないんだ！」

「す、すみません。はじめてなんで」

「はじめてなんて関係ないんだよ。素人かお前は。給料もらっている限りプロなんだよ。

ふざけるな。

まったく。本当にアホばっかだ。この大事な時に」

翌日行われたミーティングで、いきなりカミナリが落ちた。

聞いたこともない言葉で指示を受け、キョトンとしていた僕が気に入らなかったらしい。

営業にとっては当たり前だったのだろう。

その後も遠藤さんの追及は続いた。

なぜそういう行動を取ったのか。その際にどういう気持ちだったのか。先輩たちに発せられるものは、追求というよりもはや取り調べに近かった。


疲弊。

メンテナンス部門にいた時のミーティングとは大きな違いを感じた。

モチベーションを上げる。お客様の利益を考える。それらはここには皆無だった。

あえて言うなら、モチベーションをわざわざ下げる、そう言ってもいいのではないか。

会社の利益を考える、そのための歯車のひとつとして自分がいる、そう感じた。

梅澤さんだけでなく、青木さんの顔からも疲労の色が見える。

おそらくいつもこうなんだろう。いつまで続くんだ。この時間が誰の満足につながるのか、それがまったく分からなかった。

みんなの気持ちが離れれば離れるほど、遠藤さんがどんどん熱を帯び、そしてまた距離が開いていく……。こんなミーティングは初めてだった。

「このままでは目標達成が難しい。これは厳しいぞ。お前ら今月どうするつもりなんだ。どうやって予算を達成するつもりだ。言ってみろ」

言わせる言葉のひとつひとつに答えが用意されている。遠藤さんなりの答えだ。

それに到達するまでは、決して満足することはない。質問という名の出来レースが続く。そして半ば選択権のない、強制とも言える答えを、自分自身で言わされる羽目になっていった。

そうやってまた義務という鎧で固められた作業が増えていく。

「お前が自分でやると言い出したことだからな」

その言葉が僕をまた疲弊させた。

責任。この人はそれを僕たちひとりひとりに負わせるのが仕事なのだろう。そこに遠藤さんのものはみじんも感じなかった。

長いミーティングが終わった。

午前中のすべてをそれに費やした。またぶつぶつ言いながらパソコンに向かっている遠藤さんに軽く会釈して、梅澤さん達と昼食に出かけた。

春らしい日差しがビルの間から注いでいる。すれ違うビジネスマン達は、そんなものを意識する暇もないかのようにいそいそと歩いている。なぜか僕もすぐにそうなってしまうような予感がよぎった。

横断歩道の直線を全否定するような角度で多くの人達が行きかっていく。

「遠藤さんの機嫌、相変わらずだな」

梅澤さんが水を一口飲んだ後言った。取り放題の惣菜を取ってきた青木さんが大きくうなずいた。

「いつもあんな感じなんですか？」

「そうだよ。だいたいいつもああだよ。ピリピリした感じだね」

「でもそろそろ降格か左遷かって話だから、その辺はしょうがないといえばしょうがないよね」

「降格か左遷ってどういうことですか？」

「つまりリーダーとしての成績が良くないってことだよ。遠藤さんにとっては今回が勝負なんじゃない？」

「勝負、ですか」

「この半年の成績次第で、処遇が決まってくるっていうことだ」

「確かにそうですね。僕は梅澤さんがリーダーになってくれた方がどんなにいいか……」

「青木、滅多なことを言うもんじゃないぞ。俺達はチームなんだから、今与えられているフィールドで精いっぱいをやるしかないんだ。ステージは迎えに来るもんだ。追いかけるもんでも、ましてただ想像するもんでもないぞ」

「はい、すみません。ただ最近の締め付けがどんどん厳しくなってきているので、ちょっと言ってみただけです」

「まあ、それは言えるけどな」

梅澤さんは温麺をすすった後、大きく息を吐きながら答えた。小刻みに重ねたうなずきが、何を考えているのか想像させはしなかった。

周りの席はいっぱいになっている。どうやら待ちのお客さんも出ているようだ。ご飯のおかわりが無料だとのことで、ひげが素敵な二十代前半のスタッフがせわしなく動き回っていた。

その後も遠藤さんの話題で終始した。腹に一物持っているような感じだ。特に青木さんは遠藤さんと一緒のチームが長いらしく、抱えきれないくらいのものを持っているようだった。

先輩方の話を聞きながら遠藤さんのことがいろいろと分かった。独身で仕事一直線な人らしいが、営業としての凄さは誰もが認めるところらしい。チームを持ってからも自分で契約を頂いてくる力は衰えるところがなく、メンバーを育てるというより、引っ張っていくような感じの方らしい。

営業としての力は確かだから。そういう先輩方の言葉がむなしく耳から入り、そして僕の心の一歩手前で留まり、そこには届かずにいた。

展示場で迎える初めての週末。

快晴。梅澤さんも青木さんも朝からワクワクしているようだった。外の水やりや展示場内の拭き掃除を入念に行う。

「今日はたくさんのお客様がいらっしゃいそうだな」

「そうですね。ワクワクしますね」

まだ接客の機会なんて与えられないだろうけど、二人のワクワクが僕にまで伝染したようで、心が躍っていた。水を浴びた玄関横の花たちも心なしか嬉しそうだった。

「おはよう」

新聞片手に気だるそうな面持ちで遠藤さんがやってきた。

何でこの人は朝からこんなにイライラしているんだろうか。近寄ると移るんじゃないかと思うくらい、遠くからも苛立ちを感じることが出来た。

うっすらと汗が額ににじむくらい掃除をし、通用口から事務所に入ろうとすると、遠藤さんがタバコを吸っていた。

「おい、青木。先週接客したお客はその後どうなってる？」

ぶしつけな質問で出迎えられた。

報告する青木さんに、そのまま説教が始まった。せめて事務所の中に入ってからにすればいいのに。お疲れ様くらいのねぎらいがあってからでも遅くはないのに。

喉の奥の方がもやもやした感じだった。


その日の来場者は想像以上だった。

梅澤さんも青木さんも、お客様の案内が終わって戻ってくるとすぐに次のお客様がいらっしゃる。座る暇もないようだった。

これが営業の現場か。

陰に隠れて接客を聴きながら、二人の活き活きとした対応に刺激を受けていた。

遠藤さんも何度か接客に出ていた。二度「まだ客じゃないな」という言葉で帰ってきた。

三度目に接客に出た時だった。十三時。それからはおよそ四時間、一組のお客様をずっと案内し続けた。

何をそんなに話すことがあるのだろうかと何度も聴きにいったが、残念ながら声は聞こえてこなかった。


十四時を回った頃だった。

事務所に僕一人しかいないという時に、玄関のセンサーが反応しチャイムが鳴った。

モニターを見上げる。来場者。お客様が入ってこられた。誰もいない。これは接客のチャンスなのだろうか……。

おそるおそるドアを開けた。

赤ちゃんを抱えた奥様と眼鏡をかけた優しそうなご主人がこちらを向いて、「見てもいいですか?」とおっしゃった。

「はい、どうぞ」と少しうわずった様な声で言い、ご夫婦について歩き出した。

何をしゃべったらいいんだろう? 「今日はいい天気になりましたね」と言ってみたものの、「そうですね」と言われた後の会話が続かなかった。

何だろう、この緊張感は。

今まで感じたことのないようなものが、僕から自由を奪っているようだった。

「わぁ」奥様が広い洗面台に関心を持たれていた。反応を見ていると、明るさにびっくりされているようだった。

「今お使いの洗面所は、あまり明るくないんですか?」

奥様がこちらを見てニコッとした。

「ええ、もちろん。こんなに明るくないですよ。というより暗いですね」

少し上を見てから視線を戻した。

「もしかしてお化粧も洗面所でなさるのではないですか?」

「え? そうですよ」

「それだと大変ですよね。照明に頼った洗面所は、どうしても上からの光が中心になりますよね。外に出た時と光の当たり具合が違うので、特に影になる部分を明るくメイクしすぎてしまったりするそうですね」

僕の言葉に奥様はびっくりし、その後クスッと笑った。

「もしかしてお化粧なさるんですか?」

いいえ、と言ったものの、変な印象を与えてしまったかと縮こまってしまった。

「そ、そういうわけではないんですが、住まれた後に結構不満になってるんですよ……」

「どういうことですか?」

奥様が僕の言葉に興味を持ったようだった。

「いや実は先日までアフターサービスの部門にいたのですが、お客様からいろいろな話を伺いまして。たとえば洗面所のことで言えば、メイクの話をよく聞きました」

好意的な目をしている。少ししゃべっても大丈夫そうだ。

「男性にとって洗面所は歯を磨いたり、髪をセットするくらいの空間で、窓が小さくても何の問題もありません。

しかし女性にとっては、昔と違い、鏡台ではなく洗面台で洗顔後にお化粧をされる方も増えているそうなんですね。

鏡台は自然光が入ってくるところにあったので問題なかったそうですが、洗面所は小さな窓しかないので朝から電気を点けているケースも多く、光が正面や横から当たらず上からばかりになるので、メイクの具合をよくミスしてしまうという声があるんです」

僕の話を聞いた奥様は、またニコッと笑った。

「あなた、この営業さんの話おもしろいわよ」

お風呂で悦に入っていたご主人も、ようやく洗面所に戻ってきた。

「アフター部門で不満の声を聴いてこられたんですって」

「へえ、あまりそんな話聞かないね。どんな声があるんですか？」

意外な反応にびっくりした。

でもお客様が知りたい情報なら、是非お伝えしたい。そんな思いが湧いてきた。

「そうですね。洗面所ではストック類の収納の問題がよく出ます。置き場所が足りないという問題や、逆に置き場所を作ったものの、奥行きがありすぎて使いにくいということなど。男の子がいるご家庭では、泥んこになって帰ってきた子供を直接脱衣場に入らせられるようにすれば良かったという声もありました」

「なるほどね」

「お風呂では、座る方向に向かって浴槽のお湯をすくうのが右手が良かったとか左手が良かったとか。これも実はプランによって選べるものなのですが、そこまで考えてなかったという声がほとんどでした」

「今はどっちだったっけ？」

「右じゃないの？」

お湯をすくうしぐさをされた。

「窓の開き勝手などもよく不満で出てくるポイントとして挙がってましたね。逆側に開ければ視線が気にならなかったのに、というような声です」

感心して聞いて下さるので、ついつい調子に乗ってしゃべりすぎてしまっていた。

「へえ、いろいろとあるんだね」

「はい、こういう展示場のような夢のある空間で、不満例なんてご紹介するのは申し訳ないのですが、意外と大事なんじゃないかと思っています」

「そりゃあ大事だよ。建った後ではどうしようもないもんね。今までは賃貸だったから多少は我慢していたけど、自分の家を考えることになると、こうしとけば良かったというのは極力さけたいもんね」

「はい、僕もそう思います」

ご夫婦との距離が縮んだように感じた。

僕でも何かのお役に立てたようで嬉しかった。

「せっかくだからもっと教えてくれませんか?」

それからの時間、今まで入居者の皆様から教えて頂いたアドバイスを役立てて頂こうと、伊藤様とおっしゃるお客様に精一杯お伝えした。

ご夫婦はこれから本格的に家づくりを始めようと勉強中だということで、熱心にメモまでしてお帰りになった。


「それで予算や資金計画は聞いたのか?」

「いえ、その辺は聞いていません……」

「それじゃあ、客になるかどうか分からんだろうが」

夕方、接客から戻った遠藤さんが僕の手元のアンケートを取りあげ、難しい目で見た後に言った。

「土地はあるのか?」

「いえ、それも……」

「馬鹿かお前は。いいか、客になるかどうか、何で判断するか言ってみろ」

唐突な問いに固まってしまった。

「どうした、言ってみろ」

突き刺すような視線で見られている。

「建てたいと気に入って頂いているかどうか、でしょうか……」

「違うだろうが！」

アンケートカードが飛んだ。せっかくお客様に書いて頂いたのに。遠藤さんは厳しい表情をしている。

「細川、覚えておけ。客になるかならんかは、土地を持っているか、もしくは土地を買う予算があるかどうかだ。予算を聞くことなしに客にはならんのだ。予算を聞いてないなど話にならんぞ。同じ過ちを二度はするな」

「はい」と言ってアンケートカードを拾った。

これが営業の世界なのか。これが正義なのか。

これが……。

歯と歯が音を立てそうなくらい強く噛みあっていた。悔しさのあまり、僕はしばらく顔を上げることが出来なかった。

梅澤さんにも青木さんにも、接客から帰ってくるなり詰問が始まった。

空気に形があるとは思えないが、それでもここに漂う空気がとげとげしくなっている、それだけは間違いなかった。


十九時を廻ったところを時計が示していた。

後ろで気だるそうにしている遠藤さんが顎をしゃくった。せっけんの香りが辺りに漂っていた。

「はい」

インターホンから伊藤様ご主人の声が返ってきた。押していた右手を引っ込めた。

「あの……、こんばんは。大豪ホームの細川です」

「あぁ、わざわざ来てくれたんですか」

すぐにドアが開いた。

ご主人が笑顔で迎えてくれた。奥様はお風呂に入っているのだろう。奥で赤ちゃんの声が聞こえる。

「今日はありがとうございました。ご参考にはなりましたでしょうか」

「いやあ、楽しかったですよ。久しぶりに展示場を見て楽しいと思えました」

久しぶりに？　ご主人の言葉に少し違和感を感じた。

どういうことだろう。

「あの……」

なぜ、と伺おうとした時だった。

「こんばんは、今日はありがとうございました。細川の責任者をしております、遠藤と申します」

後ろから乗り出してきた。聞こうとしていた言葉を飲み込んだ。名刺を渡されたご主人の顔が、少し曇ったように感じた。

「今日はお忙しい中ありがとうございました。細川のつたない説明で大変失礼しましたが、大豪ホームを建てたいなとは思って頂けましたでしょうか？」

「えぇ、そうですね。検討させて頂きたいと思いました」

「そうですか、それはありがとうございます。とても素晴らしい家なんで、是非ご検討ください」

一瞬だった。伊藤様の視線が僕に向けられたように感じた。

どうして。僕自身も言葉に出来ないような感情が押し迫ってきた。

そしてそれが気のせいと思えるほど、僕の後ろでしゃべっていたはずの遠藤さんが、どんどん前に出てきて、伊藤様との距離を詰めているようだった。

「ところで伊藤様、今回の住まいづくりは、土地からご購入されてのご計画でしょうか、それとも土地はすでにご用意なさっているのでしょうか?」

「土地からですが」

「そうですか。住宅展示場にいらっしゃる方の七割が土地からご計画の方です。皆様全体資金を気にされますが、ちなみに伊藤様は総額いくらくらいでご計画なさっているのでしょうか?」

「そうですね、三〇〇〇万くらいが予算だと思っていますが……」

遠藤さんが何かを言おうとしていた。その時、奥の赤ちゃんが鳴き声を上げた。ご主人が気にするそぶりを見せた。

「すみません、またにして頂いてもいいですか。それから、突然来られると困りますので、用があるときはまたこちらからご連絡します」

ドアが閉まった。閉まる直前、ご主人の視線がまた投げられた気がした。

「三〇〇〇万と言ったが、内訳が分からん。自己資金や返済額、年収と勤務先を聞いてこい。それから礼状だ。今日中にポストに入れておけ」

事務所に帰ってきた後、言葉少なに指示が出た。二十一時。遠藤さんはまたパソコンに向かって独り言を言いだした。

ようやく伊藤様の家に着いたのは二十三時を廻った頃だった。

辺りは静けさの中にあり、点いている電気もどこか申し訳なさそうだった。ポストに手紙を入れた時、昼間に見た伊藤様の笑顔が、遠ざかっていくように感じた。


一週間。

毎日のように電話と訪問、手紙の投函を繰り返した。

状況を聞けていないことに何の説明も出来ない僕は、プレッシャーに押しつぶされるように言われるがままの作業を繰り返した。

繋がらない、会えない、何の反応もない。その度に遠藤さんからの追及が続いた。

ついに、玄関前で帰りを待てという指令が出た。張り込みか？　自分で突っ込みを入れたくなった。

展示場で見た伊藤様の笑顔が浮かんできた。

「久しぶりに展示場を見て楽しいと思えました」そう言ったご主人の顔が浮かび、そして困惑した顔に変わっていった。

「会えるまで帰ってくるな」

遠藤さんの冷たい視線が蘇ってきた。何なんだ、あの人は。どうしてお客様を追い込むようなことをするんだ。

ぐっと握ったこぶしは、遠藤さんの前から離れるまで解かれることはなかった。


土曜日の夜。

十九時を廻ってもまだ点いてない電気を確認し、近くの公園に行った。昼光色の蛍光灯がポツンとあり、ブランコと滑り台がひっそりとあった。

カバンをベンチに置き、ブランコに腰かけた。軽く両足で地面を蹴ると、ギイッと錆びた音を立て、規則的なリズムを奏でだした。

息苦しい。

空気が肺の奥まで入っていかない。肺の上の方だけで呼吸しているようだ。

先週初めて伊藤様に会った時の不安そうな顔と、その後の楽しそうな顔が交互に浮かび、そして家のドアを閉める前の顔になり、変わっていく表情が僕の肺を下から締め付けた。苦しい。

本当に僕はあのご主人の前に立てるんだろうか。座っている木の踏板が前後に揺れるたびに、行くのか行かないのか、僕の心も揺れていた。

着信。嫌な予感がし、すぐにそれは当たりだと分かった。

「どうだ、会えたか?」

「いえ、まだ……」

「まだ? ちゃんと行ったのか?」

「はい。まだお帰りではありません」

「そうか、会えるまで帰ってこなくていいからな」

無造作に接続が切られた。ブツッという音が耳の奥に響いた。

悔しさだろうか。この胸の奥の想いは何と表現するのだろう。

しばらく錆びた音もさせないまま、下を向いていた。

一度行ったが、やはり留守だった。二十時を廻った頃だった。公園に戻ってベンチに座った。

ふうっと息を吐き空を見上げた。

雲の隙間に見える半円になった月と周りに散らばった星たち。この空の主役は大きな月なのか、それとも星たちなんだろうか。

自ら光を放つ星と照らされているあの月。照らされるがままに色々な表情を持つ月が、まるで伊藤様のように思えた。

欠けていっているのか、欠けさせてしまっているのか……。


辺りの空気の質が変わってきたようだ。夜が深まってきている。電気が一階から二階に移る家がチラホラあった。

二十二時を廻ったので、五回目になる往復を始めた。

どうせなら、今日は帰ってきてほしくない。そんな弱気とも言える声が聞こえてくるようだった。

玄関近くまで歩を進めた時、見覚えのあるシルエットが目の前に浮かんだ。車から降りてくる伊藤様ご主人だった。脱力している赤ちゃんを抱っこした奥さんが玄関から中に入っていった。

近寄る僕の姿を認めたご主人が怪訝な表情をした。

「細川さん。こんな時間まで……」

「遅くにすみません、あの……」

「あなたもやっぱりそうだったんですね」

「え？」

怒りとも悲しみとも言える感情が、次々と表情に表れてきた。

「あの……。僕は……」

「もう結構です。そっとしておいてください」

閉められたドアには、強い拒絶の意思を感じた。

一分ほどだったのだろうか。僕の中ではもっと長くだと思える時間、その場で佇んでいた。

違うんです、僕の意志ではないんです。冷たくなったドアに深く礼をし、その場を離れた。

見上げた月には、黒い雲がかかっていた。


「会えたか？」

「はい、会えました」

携帯電話を持つ手が、細かく震えている。

「で？　どうだった」

「自己資金はありません。すべてローンです」

聞かれるがままに、返済希望額と年収を伝えた。

「そうか、じゃあうちの予算には合わん。追ってもしょうがないな。分かった。事務所に戻って日報を書いて帰れ」

ブチッと着信が切られた。予想通りだった。

梅澤さんにあらかじめ電話をし、どう報告をしたらいいかを聞いていた。僕の想いを分かってくれた梅澤さんは、どう言えば遠藤さんが納得してくれるかを教えてくれていた。

持っていたハガキに、突然申し訳ありませんでしたとメッセージを書き、伊藤様のポストに入れた。

事務所に戻ったのは、二十三時半を過ぎた頃だった。

また だ。

遠藤さんが席を立った後、いつも椅子が引かれてなく、そこを通る人が引っ込める。何でこんなことが出来ないんだ。

メンテナンス部門にいたとき、尊敬する上司だった渡辺さんに言われた。

「椅子を引く。そういう当たり前が出来る。そんな日頃の行動が、お客様の前で出るんだ。お客様の目は厳しいぞ。無意識にお前の人間力を見ている。

人間力とは人としての魅力だ。その基本中の基本は、当たり前がちゃんと出来るということだ。

そしてここが怖いところなんだ。

その基準が人によって違う。人それぞれに自分なりの基準があり、それに適応しないと簡単に切られてしまうんだ。無意識のうちに。

だからお客様と面と向かう仕事をする俺たちは、出来ることの幅を常に広げ、高めていく必要があるんだ」

無意識に切り捨てられる。目の前の椅子を見ながら、なるほどこういうことなんだと思っていた。

どんなにすごいことを言ったって、人として普通のことがどれだけ出来るかで、周りの評価というのは決まっていくんだ。

人のことをとやかく言えるわけではないが、それでも渡辺さんに言われた言葉が胸に染みわたってきた。

渡辺さんは以前のメンテナンス部門の課長だった。

五十歳という年齢を感じさせないくらいの若々しさだった。僕の知る五十代の方とは違う目の輝きをしていた。いつも謙虚で、そして立ち姿が凛としていた。こういう年の取り方をしたいと、いつも思っていた。

渡辺さんに教えられたのは、いつも人として恥ずかしくないことをしようということだった。

「細川、靴を揃える、椅子を引く、無駄に音を立てない、そういうことが出来る男になれよ。人はお前のちょっとした所作を見ているんだ。お客様だけでなく、お前の同僚や先輩や後輩、子供たちまで。

でもそれが人間なんだ。人と人の間で生きていくのが人間である以上、いつも評価されているというのを忘れるんじゃないぞ」

渡辺さんのこの言葉が、それから僕の行動を少しずつ変えていくことになった。

いつも自分が誰かから見られていることを思い、行動を律するようになっていった。

一事が万事。

これも口癖だった。ちょっとした事にも手を抜かない。日々の所作が自己を作っていく。渡辺さんの日常を見て、それを実感していた。

教えられてからというもの、僕は努めて靴を揃えるとか、椅子を引くとか、そういうことが出来るように心掛けてきた。

そして出来ることが普通になると、途端に今までお客様の目に映っていた自分自身が恥ずかしく思うようになっていた。逆に他の人が出来ないことを、自分から言わないという現実が示すところが怖く感じた。

なるほどこうやって僕は見られていたんだ。

見る視点が変わるというのは、人のことだけではなく、過去の自分のことまで見えるようになってくるんだ。そう改めて気づいた。


でも遠藤さんを見ていると、渡辺さんから言われていたことのちょうど逆のことが感じられていた。

上に立つ人として、どうしても比べてしまう。そして勝手に自分自身の中でしてしまっている評価は、そのまま僕のモチベーションに繋がっていた。

この人の為にも。

以前の部署ではよく感じていたこと。渡辺さんをはじめとして、チームのために頑張ろうという雰囲気が場を満たしていた。

個。それを営業の現場に来て多く感じるようになってしまった。それはどこでもそうなのか、今いる場所がそうなのか、想像すら出来なかった。


「何をボヤっとしてるんだ。動け動け。時間は止まってくれないぞ」

遠藤さんが戻ってくるなり言われてしまった。

「はい、すみません」

「謝っている暇があったら動け。何度も言わせるな」

はいと言いかけて飲み込んだ。

何なんだろう。胸の真ん中がせわしなく動いているのが分かった。そして心の奥に気だるさが広がっていった。


転勤者などのフォローカードをもとに電話をかける。とにかくカタログを届ける約束を取り付ける。持って行って展示場に呼び込む。それを繰り返した。

いらしたお客様には遠藤さんが条件面を聞き、そして嫌な空気をまとったままお客様は帰っていった。

やり続けていく中で、事務作業とも言えるような感情が、僕の中で固まってきた。この膨大なカードを目の前にして、吐き気をもよおさない人がいるのだろうかと、そんなことばかり考えるようになっていた。


土日は展示場の事務所で、接客の機会を心待ちにしていた。

かかってきた電話に出ると、「なぜ電話に出れるんだ。フォローの電話をしていないのか?」という遠藤さんの声。

途端にテンションが下がる。

「はい、すみません」

受話器を置いた右手を眉間の辺りで強く握りしめた。

目を閉じて誰にも聞こえないように息を吐き、そしてゆっくり右手をほどいた。

これが成果につながるのか。考えてもしょうがないような状況を前に、僕の思考回路は次第に止まっていくようだった。

第二章

リーダー遠藤

醒めてほしいと感じる夢に、ここのところ何度も遭遇している。

夢の途中から意図的に操作しだしていることに気付くと、中にいてもそれが夢だと感じる。

あとこうしていられる時間がどれくらいあるのか。

目を閉じているのが自分の意識だと感じるようになると、その時が近づいて来ているのだと改めて感じる。

激しい目覚ましの音で目が覚めた。けたたましさが今日も部屋に響き渡る。

今日も始まってしまった……。

カーテンを開ける。顔を背けた。それでも目に光が飛び込んでくる。寝不足の私には眩しすぎる太陽だ。

片側の頭が痛む。一ヶ月ほどこの痛みが続いている。いつもの偏頭痛なのだろうか。それにしては日に日に激しくなっているように感じる。

右手で頭を押さえて目を閉じた。頭に今日訪れそうなことなどがよぎった。そう言えば忘れようとしていたことがあった。

今日から配属されるという部下。

私には何か複雑な気持ちが働いていた。

新しい部下とどう向き合うべきか、正直なところ気に病んでいた。

マッチでタバコに火を点ける。燐の香りがプンと匂った。

一ヶ月ほど前から、ジッポよりも好んで使うようになった。香りが違う気がする。すっかり吸う場所に困るようになってしまったが、私のテリトリーの中では自由だ。何しろ私が店長なんだ。いくらでもルールは作ることが出来る。私の一存で。

入社した時はまだまだ発展途上な感はあったが、いつの間にか世間でも有名な会社になっていた。

まだ上にのぼっていく。私にはそれが出来るはずだ。

この店長というポジションが当たり前になっていた。五年前に店長になって以来、それを続けている。

部下なんてみんな同じだ。

私ではない。

それを理解するだけで十分だ。ただそれを理解するのに五年も掛かってしまったが……。

どいつもこいつも、下に来る奴らは無能な奴らばかりだ。私の仕事の半分も出来はしない。

能力が足りない。そして根性が足りないんだ。苛立ちが私を襲う。短くなったタバコを右手で消し、天井に向かってふぅっと息を吐いた。

今日また新しい部下が入ってくる。営業は初めてだという。

面倒臭い。

また一から教えなくちゃならん。

その繰り返しが、ただ面倒臭かった。また頭が、痛んだ。

会社への道を歩いていた。

夜は飲み屋になる店も表にゴミが出してあるだけで活動を停止しているようだ。夜通し飲んでいたような若者と何度かすれ違った。

また信号が赤になった。何度私を足止めさせれば気が済むんだ。この信号達はいったい何なんだ。まったく頭が悪すぎる。もっと効率よく作れないのか。いつもよりも三分も多くかかってしまった。

無言で事務所に入った私を、村松支店長がチラ見した。私を認めると、視線をパソコンの画面に戻した。

席について五分ほどした時、肩を叩かれた。村松。親指を奥の応接間に向けていた。何だ。この忙しい時に。拒否権がない私は誘われるままに奥の部屋について行った。

向かい合って座った。気だるそうに、目の前の男は言った。

「今回がラストチャンスだぞ」

え?

耳を疑った。ラストチャンス？　いったいどういう意味だ。

およそ聞き捨てならない言葉が耳から注ぎ込まれた。明るいだけが取り柄の支店長が、この私に向かって吐いていい言葉では到底ない。

「ラストチャンスと言うと？」

念のため聞き直した私に、眉毛を片方上げながら面倒臭そうに言った。

「上から、今回でダメだったら降格だと言われてある。あと半年だ。それくらいお前なら分かるんじゃないか、ん？　それが嫌なら、どうしてでも成績を上げろ。それだけだ」

そう言い放つと、椅子の背もたれに背中を預け、首を細かく揺らした。

怒りが頭まで上ってきて、目の前の机を叩きそうになった。寸でのところで理性が止めた。

私にラストチャンスだと？

ふざけるな。今までの会社を支えたのは誰だ？　この支店の立ち上げから、第一線でやってきたのは誰だと思っている。

ここんとこ無能な部下ばかりを押し付けられ成績が低迷しているが、それは仕方のないことだ。

それを親会社とはいえよそから来た男に、何も知らない男に……。

「失礼します」

そう言って支店長の前を後にした。

席についたあと、しばらくパソコンの画面に顔を向けていたが、何も見てはいなかった。ただあのとっちゃん坊やが言っていた言葉が私の中で何度も繰り返されていた。

奥歯が軋む音が骨を伝ってきた。

部下たちが朝の連絡と報告をしてくる。私はそれを何となく聞いていた。聞いてはいるが頭の奥までは届かない。

表面的にうなずき、そして「それでいいんじゃないか」と言っていた。

報告しにきた部下たちが少しあっけにとられたようだが、私には今はどうでもよかった。とにかくさっき言われた言葉が頭の片隅から離れることだけを願っていた。

出ていけ。そう何度も念じた。

「細川です。どうぞよろしくお願いいたします」

九時を少し回った時だ。ぼっちゃんのような顔をした男が私のところにやってきた。

どうやらこいつが例の異動者らしい。

新人類。

今はその言葉ですら死語なのだろうか。とっさに住んでいる世界が違う人種のように感じてしまった。

軽く挨拶をしたが、私はそんなことに構っていられるような状態ではなかった。

ラストチャンス。その言葉が頭にへばりついて離れることがない。

顔が向いているパソコンの画面も、その発する情報が本当に入ってきているのか分からないくらい集中を欠いていた。

「何をすれば……？」

そういう新人を無視し、梅澤に目配せした。どうやら悟ったようだ。目の前のうっとおしいぼっちゃんを連れていってくれた。


早々に成果を上げなければならない。それには私一人でどうなるものでもない。メンバーを動かすことが必要だ。

それにしても何でこいつらはこんなに無能なんだ。

翌日のミーティングも苛立ちが募った。アポイントが少なすぎる。なぜ指示通りに動かない。どうしてクローズをかけて来ないんだ。

今月から本部長への報告書類がまた一枚多くなっていた。細かい。こんなことまで書かなければならないのか……。

それを埋めるために、答えられないメンバーに質問を繰り返していた。聞いている私自身がうんざりしてくる。

「十四時までに提出だ」

支店長の村松がリーダー全員に声をかけた。よくもまあ、ギリギリで当たり前のように言えるものだ。少しでも遅れると鬼の首をとったかのごとく居丈高になる。

頭痛。

右の方がまたキリキリ痛み出した。昼は回ったが、とても食事に行くような時間も元気もない。自販機で買ったコーヒーを飲みながら、報告書を仕上げていった。

いつからだろうか。月決めという文化は昔からあったが、ここ数年数字と言うものをこれでもかというくらい意識させられている。

契約数、アポイント数、決定率、ゼロ月。そのどれもが上への報告用だった。休みだろうが何だろうが関係なくかかってくる電話。最近では村松だけでなく、本部長までもが直接電話をかけてくるようになっていた。

細かい質問に答えられなければ、管理が出来ていない、運営がダメだと厳しく叱責される。いい加減嫌気がさしてもいた。

気が休まることは決してなかった。


夜、一人の部屋でウイスキーを傾ける。

唯一落ち着ける時間だった。

暗い部屋でスタンドだけが光を放っている。グラスの底がその光を集めてキラッと光る。

その光をぼんやりと眺めていると、何かを忘れることが出来る。

氷が躍りグラスを叩いた。


二十三時を廻っていた。

酒の量に比例して酔いが訪れはしなかった。

メールの着信音。村松だった。

『明日の午前中に報告書提出』

短く書かれたメールをにらみ、グラスをあおった。

最後の一滴まで絞るように口に入れ、空いたグラスを放った。ゴンッという鈍い音が響いた。

そのままベッドにもたれこんだ。天井に赤く照らされたボトルの影が、目の奥に飛び込んでくる。そして偏頭痛が始まった。

また今日も寝付けそうにない。

アポイントは取ってくるものの、質が悪い。

イライラは募っていた。

同行しても決まらなくなってきている。何が起こっているのか、理解しようとしてもなかなか答えが浮かんで来なかった。初期のクロージングが弱いのだろうが、どうやって解決する？

五月に入っても状況は変わらなかった。出ない成果がまた私を焦らせた。ミーティングのたびに熱っぽく伝え続けたが、結果につながらない。本当に無能な奴らだ。

なぜこの大事な時に、こんなメンバーを下につけるんだ。

頭の痛みは、目覚める頻度をどんどん早めていっていた。

「今日はまた一段と難しい顔ばしちゃあね」

顔を上げると、いかつく、そして無邪気な顔がニッとしていた。私は片方の口元だけを上げて笑った。

いつからだったか。一度ふらりと入ったこの多幸八という名のおでん屋に、一人で飲みたい時に来るようになった。

初めのきっかけは何だったんだろう。よく覚えていない。酔っぱらって入ってきたのだろうか。住宅街とも言えるようなところの二階にあるこの店。いくら提灯が出ているとは言え、よく入ろうと思ったものだ。シラフならとても一人で入ってこようとは思わないだろう。

カウンターで飲みながらおでんをほおばる。

「いろいろとありましてね」

「そうね。まあ大変なんやろうけど、そげな顔ばしよったら良いこともみんな逃げていくばい」

「えぇ。そうですね」

会社では意見出来る奴も減ってきたが、そんな私でもこのマスターの意見だけは聞いてしまう。修羅場。そういうものをいくつも超えてきたのだろう。話をしていると不思議と感じてしまう。

「会社で何かあったんじゃないか?」

奥の席でニコニコとしながら馴染みの顔がウインクした。村崎。相変わらずだ。さりげなく気遣ってくれる。こいつは、いつも程良い距離感でいれくれる。

「ああ、まあそれなりにな」

一度、そう一度。こいつと殴り合う寸前まで口論になった。いつもニコニコとしてはいるが、かなり芯は強い。私が持ち合わせていないような篤い想いを持っている。正直なところ、こいつに担当されたお客は幸せなんだろうと、そう思う。

「マスターの言うとおり、逃げていくよ。まあ、お前には難しいのかもしれんがね」

あの時は確か伊庭ちゃんが間に入った。

「飲んで喧嘩するもんじゃなか」と言って毅然と私たちの間に入った。バツが悪くなって私は帰ったが、下まで降りてきたのは伊庭ちゃんだった。その後もしばらく店で村崎と一緒になると決まって間に座っている。気を遣っているのだろう。

しかし私も村崎も一応大人だ。飲みの席でのことをいつまでも引きずったりしない。しかも三十を超えたいい大人が。

それでも今日も伊庭ちゃんは私たちの間に座っている。まるでそれが義務だとでもいうように。

「お前には言われたくないよ」

村崎に目配せをしてビールをあおった。糸こんにゃくがからしを良い具合に携えて口の中に入ってきた。噛むごとに出汁と絡む。やはりただのこんにゃくよりも糸こんにゃくの方が私には合っている。

「部下が入ってきたんですよ」

「新入社員ね？」

マスターが興味ありげに聞いてきた。

「いえ、違う部署からの転任なんですがね。年次だけは重ねていますが、営業はまったくの素人で。しかもノルマはますます厳しく。数字を上げるためには状況がどんどん厳しくなってきていましてね」

言いながら少し空しくなってきた。ここで何かを吐露したところで、会社から求められるものが変わることなんてないのだ。しかしなぜだかこの店では、それを素直にしゃべってしまう自分がいた。

「まあ、辛いこともあろうばってん、今の遠藤さんにはちょうどいいったい」

「ちょうどいい？」

「そうたい、そういう意味のあることしか起こらんとよ」

「そんなもんですかね」

少し遠くを見るように目を細めた。

マスターが言う意味、どんなものがあるのか。まだ私には分かりそうもない。


今年の梅雨はよく雨が降る。

土日のたびに強く降り、展示場の来場はめっきり減ってしまっていた。去年から比べると七割くらいしか来場がない。

六月が終わっても、一向に成果が出る兆しはなかった。会議のたびに吊し上げられ、責め立てられる。自分自身、どこに向かって行っているのかすら分からなくなってきていた。

何かがおかしい。でも、何がおかしい？

答えの出ない問いを繰り返していた。

もう諦めるしかないんじゃないか。そんな弱気な声さえ、奥底から聞こえてきていた。

何でこんなことになってしまったんだ……。

本部は集客アップに向けてのイベントを開催し続けたが、まったくと言っていいほど効果がない。

代わりに多くなる報告書と会議。

焦りはますます大きくなり、頭の痛む頻度も増えていた。そして頭痛のたびに弱気な声は、語調を強めてきていた。


ジメジメした中、空は少しずつ夏への準備を始めていた。

気だるい会議が終わり、私はそば屋に入った。

もうすでにランチタイムのピークは過ぎているようだった。

ざるそば、と言って雑誌を手に取り、席に座った。出されたお茶を口に含みながら、何となく文字を追いかけていった。

数ページめくった時、思わず手が止まった。

見覚えのある顔と名前がそこにあった。

大野さん。

住宅購入者へのアドバイスという形で紙面に大きく出ていた。五年ぶりに見たこの優しそうな顔。

　変わらないな。一人で発した言葉に、店の主人が『え？』と聞いてきた。照れながら会釈をし、紙面に目を戻した。

　私の周りの空気が、すっと十年前に戻っていった。


　新入社員だった私は、大野さんのもとに学んだ。素晴らしい時間だった。

　配属された時、呼び出されて言われたことを今も忘れていない。

「遠藤、君は新入社員として入って、一刻も早く成果を上げたいだろうな。でも聞かせてほしいんだ。君はいつまでこの仕事を続けたいと思う？」

「え？　そりゃあ続けられる限り続けたいです」

　この問いにいったいどんな意図があるのだろう。

　じっと目を見据えた。

「そうか、だったら三年先に本当の成長が出来る、そういう育て方をしたい。もしかしたら同期に後れを取ることもあるかもしれない。でも必ず将来成長する。そういう指導方法を取りたいが、いいか？」

真正面から見つめる視線。嫌とは言えなかった。真剣。その目が語っているものは、本当に私を思ってのものだった。


家づくりに携わる者として、根本的なことを徹底的に教えられた。

入居者の声を聞き、建築現場で想いを聞かされた。

お客様の想い、現場で作業される職方さんの想い、関係業者の方々の想い、それぞれのご家族の想い。

カタログや展示場では分からないことを何度も刷り込まれた。

その間、同期が初契約を飾ったことを知った。

それでも大野さんを信じて付いていった。

「焦らなくていい。新人時代の一棟や二棟なんて、たいした差にはならない。ほとんど上司か先輩がやってるんだから、本人の力ではないよ。そこに一喜一憂しなくていい。しかし今しか学べないことがあるんだ。それをコツコツ学んでいくんだ」


大野さんはしっかり目を見て言った。

「そうだ、学校では学んで来なかっただろうけど、学びということの本質についても教えておこう」

「学びの本質？」

「学びというのは自ら腑に落ちてあふれ出て、初めて意味のあるものなんだよ。教えられるものでは決してないんだ」

「そういうものですか？」

「考えてごらん。君は自分が思っていることを一〇〇％アウトプット、つまり言葉や文字にすることは出来るかい？」

すべて発することは出来ないだろう。首を横に振った。

「そうだろうね。想いをすべて表現するなんてことは、どんな能力を持っていても出来はしないよね。

じゃあ発せられたものを一〇〇％受け取ることは出来るかい？」

首を傾げた。

「これも出来ないんだよ。たとえば同じ空間で同じ時間に同じ話を聞いたとしても、受け取り方や響き方はみんな違うだろう？」

確かにそうだ。

「だから一〇〇％受け取るというのは、絶対に無理なんだ。必ずその人自身のフィルターを通してしか聞くことは出来ない。そういうもんなんだよ。

分かるよね。

発する方も受け取る方もそれぞれ一〇〇%にならないいんだったら、自分で行動していく中で、自らの中からあふれ出るような、そんな感覚にならなければいけないんだ。

よく本やセミナーに答えを求める人がいるよね。

でも断言できる。そこにあるのはヒントだけなんだ。答えなんてない。そこから先は、自分の足で歩いて気付いていくしかないんだよ」

それに深く頷いた。

表面的なテクニックは教えずに、大野さんは本質的な考え方や、なぜそうなのかということを徹底的に私に教えてくれた。


大豪ホームを勧めないというカードを心に一枚持っておけ。

それも教えられたことの一つだ。

営業として、自分の商品を買って頂けなければ成績にはならない。

しかしこの会社の営業である前に、私達は一人のプロの営業人であり、お客様にとってのパートナーであるべきなんだ。だから常に心に一枚、勧めないというカードを持てと教え込まれた。

そしてそれが本物だと感じる事件があった。

まだ初契約にも至ってない頃、一つのアポを頂いた。

展示場に来場された四十代のご夫婦は、相続で譲り受けた築二十年の家を建て替えたいという相談で展示場にいらした。

たまたま接客させて頂いた私は、一生懸命大豪ホームの特徴を説明し、熱意だけでメリットを伝え続けた。

ご夫婦はもしかしたら私に押された格好になったのかもしれないが、現地調査とプランヒアリングのアポになった。

大野さんに同行をお願いし、お宅に伺った時だった。カイヅカイブキで覆われたアプローチを抜けたところで立ち止まった。

「あれ……」

「どうしたんですか?」

「ここ、うちの家じゃないか……」

言われている意味が分からなかった。でもその後の打ち合わせでの大野さんの言葉や雰囲気で、さっき言っていたことが理解できた。

築二十年のこの家は、大豪ホームの家だったんだ。そんな前の仕様の家なんて私には分からないが、大野さんには分かってしまったんだろう。

「それでは次回ご提案のプランとお見積りをご用意いたします」

静かに言ってそのお宅を後にした。

帰りの車、大野さんは何か考えているようで、話しかけることが出来なかった。

車を降りる時、「遠藤すまんが、今回の提案は僕に任せてくれないか」とだけ言って、ずっと難しい顔をしていた。

約束の日、ご夫婦の前に二つのプランと見積りが出された。

一つは要望をお伺いして練りこんだ建て替えのプラン。そしてもう一つは、既存の柱などを残して、要望を出来る限り満たしながら作ったリフォームのプラン……。

「リフォーム、ですか?」

ご夫婦は目を丸くした。それは私も同じだった。

新築住宅の会社に入ったはずの私が、なぜリフォーム案を見ているのか。初めての契約になるかもしれないこの打合せに、どうして改築案が提示してあるのか。

ご夫婦よりもむしろ私の方が理解出来ずにいたように思う。

ゆっくりとした時間が過ぎた。意を決したように言葉を発した。

「今回相続されたこの家を譲り受け、建て替えをしようというご希望で、当社そして遠藤にお声掛け頂きました。彼も一棟目のお客様になる可能性もあり、建て替えをお任せ頂けることを望んでいるはずです。

しかし……。先日お伺いして、重要なことに気付いたんです」

三人の視線が大野さんに集まった。

「こちらの家は、私ども大豪ホームの家です。この前気付いて、新築当時のことを調べることが出来ました。

築二十年。内装は傷んでいるとはいえ、柱や基礎は頑丈に造ってあって、あと三十年は手入れさえすれば住める家です。当時五十代になられていたご両親がわざわざこの造りにしたのはなぜなのか……。

それはきっと、二十年前のご主人に、この家をプレゼントしようと思われてのことだったのではないでしょうか。

会ったこともないご両親から、物言わぬこの家から、私はそんなことを感じたんです。

どんなご両親だったのか、家が語ってくれているように思います。

建て替えてすべてを新しくし、要望を満たす案も用意しました。そして、関連会社に依頼をして、近しい形で原型を留めるリフォーム案も用意しました。

私たちは新築を販売する仕事に携わっています。ですから建て替えの計画でなければ会社の利益にはなりませんし、私たちの成績にも当然なりません。

ですが……。こんなことを言うと変に思われるかもしれませんが、ご両親の想いも踏まえて方向性をお決め頂きたいのです」

ご夫婦の目が潤んでいるように見えた。

「そしてこれはあくまで私の個人的な想いとして聞いてください。

どうか……、この家を建て替えないでください」

「あなた……」

奥様がご主人の顔を見た。右の眼尻から一筋の光が落ちた。

ご主人が数度小さく頷いた。時折目を閉じながら。「おやじ、おふくろ……」口元がそう動いた気がした。

しばらくの時を過ごした後、深くお辞儀をしてその家を後にした。

「遠藤、すまんな。せっかくお前の一棟目になるかもしれなかったのに。でもご夫婦にとってはこれが一番だと、私は思うんだよ」

込み上げてくるものがあった。何てすごい人なんだろう。欲が前面に出ていた自分を恥じる思いがした。


翌日そのご夫婦は、わざわざ展示場まで菓子折りを持って訪ねてきた。リフォーム案でお願いしたいということだった。

「遠藤君には申し訳ないことをしたわね」

そう言われたが、そんな気持ちはどこにもなかった。胸の奥に何かすがすがしい気持ちが湧いていた。

「大野さん、遠藤君。あなた達に出会わなければ、両親が託した想いというものに気付くことすら出来なかったのかもしれない。

私たちの選択が、会社にとっては、というよりあなた達にとって何のプラスにもならないということを知っていながら、よくもまあ。

ありがとう……。あなたたちに出会えて、本当に良かった」

ご主人が手を差し伸べてきた。その手を握った。大野さんも両手でご主人の手を包んでいた。

「ご両親も喜ばれますよ」

その言葉にまた、ご夫婦も微笑み、そして目を赤くされていた。

「お待たせしました。ざるそばですね。そば湯は後でお持ちします」

目の前に置かれた。

雑誌に映る大野さんを見ながらしばらく時が止まっていたようだった。胸の奥が締め付けられる。

わさびとねぎを器に入れ、そばをすすった。

鼻がつんとし、目頭が熱くなった。

わさびを入れすぎたのだろうか。

いや、忘れていた想いに気付かされたからではないだろうか。五年。どこから道を違えてしまったのか。

すっかり変わってしまっている私自身に、新人時代の私が語りかけてきた。

「大事なものを忘れていないか」

もう一度口に運んだ。

やはり今日は妙にわさびが効いているようだった。

第三章
細川の葛藤

営業が出来る。それを楽しみにしていた。

今までの知識や能力が活かせると思っていた。

しかしそんな幻想はたった一ヶ月でもろくも崩れ去った。

僕は理想と現実のギャップの中で気持ちの整理が出来ずにいた。営業という仕事の嫌さ加減をとことん叩き込まれたようなものだった。毎日毎日積み上がっていくプレッシャーとストレス。

ようやく迎えた休みは、さすがにどこにも遊びに行きたくないくらいに疲れていた。

次第に強くなる日差しに、緑の葉が雄々しく繁り、夜に香る匂いも少し変わり始めた日。何もせずに夕方を迎えた時、ようやく出かける決心がついた。出かけるといっても飲みに行くのだが……。

久しぶりにあの店に行こう。僕の脳裏に一度浮かんでからは、消えずに胸の奥で主張し続けていた。


階段を昇ろうとした時、上から笑い声が聞こえてきた。

二ヶ月ぶりに訪れたこの階段。この急な階段が、俗世間から違う世へと誘うのだろうか。

そんなことを考えながら、一歩ずつ昇って行った。

引き戸を開けるとぱっと明るい空間が広がった。

「細川君、よう来たね」

マスターがいつものように黒目が見えなくなるくらい目を細めて迎えてくれた。伊庭ちゃんと村崎さん。二ヶ月前と同じ光景がここにあった。

「すみません、ご無沙汰しちゃってて……」

「何ば言いようとね。よかて、まあ座らんね」

相変わらずの口調だった。何だか嬉しかった。伊庭ちゃんは何も言わずにニコニコしていた。

おしぼりをもらって生ビールを頼んだ。キンキンに冷えた生ビールを、冷凍庫から出してすぐの凍ったジョッキに注ぎ込む。唇がくっついて取れなくなるほど冷えたジョッキは、この店に来たことを歓迎してくれているようだった。

「変わりないね？」

いつも聞かれるこの言葉が、優しさに溢れた言葉だと気付くまでに、半年はかかった。

「実はちょっと変わりまして……」

「どげん変わったとね？」

「営業の仕事に変わったんです」

「転職したと？」

「いえ、転職ではなく、異動になったんですよ」

マスターが手に持っていた小さなグラスを傾けた。

「営業ね、よか仕事に異動になったね。まあ、頑張りんしゃい」

そう言って笑った。マスターにとって、営業という仕事はどんな風に映るんだろうか。

ふいにそんなことが頭をよぎった。


何かが外れていた。

久しぶりに来た多幸八で飲んでいるうちに、どんどん胸の内が開いていく感じがした。

思っていることがとめどなく口から飛び出してきた。遠藤さんへの不満なんかも、気が付く前に、言葉として出てしまっていた。

「はぁ、それにしても嫌になりますよね」

「どげんしたとね？」

「いやぁ、新しい上司のことなんですけどね。あんな人は初めてで」

ちょっとした間があった。

「あんな人ってどういうことね」

「僕もこんなこと言いたくないですけど、何か尊敬出来ないって言うか……」

マスターの顔が険しくなった気がした。

「正直うっとうしいという感じで。何もかも自分の都合で、僕たちのことを駒か何かとしか思っていないような人なんです」

「細川君……」

マスターの眉毛がピクッと動いた。いつもとは違う間を感じた後に言った。

「まぁ、いいたい。またゆっくり聞こう」

黙ってコンニャクが出された。練りカラシいっぱいに。あまり見たことがない量のカラシだった。

マスターが顎をしゃくった。少しのカラシをつけて食べようとすると、目を細くして睨みつけたようだった。

カラシが足りないのか？　もう少し足した。顔を見る。軽く首を振り、もう一度顎をしゃくった。全然足らないということか。顔を見ながら湯気を放っているコンニャクにカラシをのせ、アイコンタクトを続けた。

三回やった後、今度は口に入れろという意味で顎をしゃくった。このカラシの量は……。言われるがままに口にほおばる。

ままよ。すぐに後悔に変わった。鼻から急激に襲ってくる痛み。目頭に涙も集まった。目と鼻を押さえた僕に一言言った。

「これは俺のおごりたい。少しは冷静になろうが」

「……」

何も言葉を発することは出来なかった。冷静も何も、痛みで声すら出てこなかった。

「何なんですか？」と言いたかったが、口からその言葉が出てくることはなかった。悲鳴を上げなかっただけでも理性をかろうじて保っていたと言える。

おしぼりが伊庭ちゃん経由で渡された。僕は顔をゴシゴシと拭いた。ツーンとくる痛みは峠を越えたが、涙はまだ溢れることをやめない。

「誰も完全じゃないけんね。誰もね……」

伊庭ちゃんが優しい眼差しで見つめ、そして用意した僕のグラスにビールを注いでくれた。

マスターが言いたいことが分かった。

そんな一時的な出来事で、人を判断するようなことをするなということだろう。それにしても、口で言えば分かるようなことを……。


ようやく口の中が落ち着いてきた。もう一度ビールで口の中を洗った。

奥の席で事の次第をずっと見守っていた村崎さんがニヤッとした。村崎さんはいつも奥のカウンターで壁に寄り掛かったような姿勢で飲んでいる。穏やかな表情からは想像もつかないが、かなりやり手の営業マンらしい。

「細川君、またいい経験したねぇ。マスターからの愛のムチよ」

「村崎、いらんこと言わんでよか」

「まぁ、マスターも細川君に期待しているからこそよね」

「むーらーさーきー」

「おっ、ここは帰った方がよさそうやね。細川君、お先。伊庭ちゃん、またね」

そう言うと村崎さんはさっさと帰ってしまった。

この辺の身のこなしはさすがと言うべきか。去り際も美しい。思わず見とれてしまいそうだ。

まぁ、すべてを投げ捨てられて後に残された僕のような去れない男を、少しは気遣ってほしいところだが……。

でも村崎さんの言葉はそれなりに僕の心に届いた。意図。マスターなりの想いがあってのことなんだろう。それは伝わってきた。

逆に言うと、そのくらい悟らないと、この店で飲むには身が持たないとでも言っているような気すらする。

この店にはいろいろな種類の人がいた。みんな何かを求めてやって来ているのだろうか。カウンターだけのこの店に、しかもいかついマスターしかいない店に。

営業という仕事にいきなり洗礼を浴びてしまった僕も、その一人だった。


「細川君、いくつになったね?」

「え?　二十六です」

「そうね、一つ言っておくたい。

その年で、人を見切るようなことをするんじゃなか。誰にだってね、苦しみの一つや二つはあるったい。それを感じ取れる年齢には、残念ながらまだおらんとよ。二十数年生きてきて、一応大人の仲間入りはしとろーけど、まだまだ人を評価出来るほど偉くはなってないはずなんよ。それは俺にしてもそうやろうけどね。他人を評価する、そんなのは、傲慢になった証拠にしかならんよ。そんな生き方を覚えるんやない。もっと謙虚にならないかんよ」

いつになく真剣なマスターの目が強く心に訴えてきた。何も言わずに頷いたが、唇はキッと締めていた。なぜか父親に言われているような、そんな風に思ってしまった。

父は正直で、そして不器用な男だった。

仲間の損をすべて受け入れるような、そんな男だった。決して強いわけではなく、何かを持っているわけでもない。それでもいつも周りの仲間に心配りをし、そして誰もしたくないような役目ほど買ってでた。母はそんな父をあまり良く思っていない時期もあったようだ。少しでも得をしようというようなスケべ心を出さずに、愚直にコツコツと仕事をする。

小さな鉄鋼所で車の部品を請け負って作っていた。不景気のあおりを受けて倒産してしまうが、その後も父を頼って仕事の依頼をする人が絶えなかった。

「あんたに頼みたい」

みんな口を揃えてそう言っていた。

そんな父を、今では誇りに思っている。


「マスター、すみませんでした。僕が間違ってました。人を評価するとか、そんな偉くはないですね」

右の眉を少し上げた。

「細川君、君はそういう男たい。手荒く失礼したね。嫌なこともあったっちゃろう。ここに来たのもそれを発散したいっていう思いもあるんやろう。でもね、それだけやったら朝起きた時は何も解決しとらんとよ。いくら騒いで忘れたとしても、本当は忘れとらんったい。ちゃんと整理をする方が先なんよ。まあ、分かったんやったらよか。これも成長のチャンスたい。まあ飲みんしゃい」

そう言ってまた目を細めた。僕もまだ涙目のままでニコッとした。

「これ食べんしゃい」

大根を出してくれた。箸が触れたと同時にすっと入った。四分の一にして、からしを少しのせた。器を持ち上げ、崩れそうになる大根をそっと口に運んだ。出し汁が大根から一気に染みだし、熱さと辛さが後からやってきた。鼻からカツオの旨みが外に出る。

口と鼻いっぱいに広がった優しい味が、僕の心まで優しくしてくれるようだった。

「ちょっと待て。予算オーバーをどうするつもりだ。この提案は必要なのか？」

桜がはかなく散ってから、すでに一ヶ月が経とうとしていた。

お客様にお持ちするプランを直前にチェックしていた遠藤さんが、目を尖らせた。設計の藤田さんにヒアリングから同席して頂き、作って頂いたプランだ。

ご要望をある程度叶えたいという思いがあり、最初に聞いていた予算からは少しオーバーしていた。

「はい、ヒアリングの際のご要望からすると必要だと思います。後々のことを考えても、これは外せないと思います」

「そんなことを聞いているんじゃない。契約の為に必要かどうかを聞いているんだ。メリットデメリットなんてどうにでも伝えられるじゃないか。契約後の打ち合わせでどうにでも出来るだろう？　それよりもこの予算オーバーはどうするつもりなんだ？」

「それは……」

「何も考えていないじゃないか。まず予算に合わせるのが先決なんだよ。契約するための道筋を常に考えろ」

準備していたプランに赤のサインペンでチェックを始めた。プランを削り、仕様を落とす。それをどう伝えるかも、藤田さんに細かく指示を出していた。

ホームサービスの時に感じていたことがあった。

なぜこんな提案になっているのだろう、お客様の要望だったんだろうか。もう少し入居後を考えた提案をしていれば、防げる不満が多かった。

改善提案はホームサービス側からいくつも発信された。しかし不満の量が減ることはなかった。どうして……。

その答えが目の前にあった。こうやって不満の種は作られていっていたんだ。

契約の為。

そんな正義がまかり通るのか。何も口を挟めない状況に、眉間のしわも強く寄った。

お客様に頂くアポイントの度に、自己嫌悪が募っていった。それでも多幸八のマスターの言葉を思い出し、何とか崩壊せずにいた。

千野様の打ち合わせまでは……。


「少し時間を頂けますか？」

「少しとは、どのくらいの時間なのでしょうか？」

「そうですね、一週間ほど……」

「そんなに待てないと申したはずです。今月のメリットを千野様の為に用意しました。しかしこれを約束できるのも、明日までなんです」

伝える、というより詰め寄る遠藤さんの姿。口を挟めずにいた。

ゴールデンウィークに展示場内が溢れている時、家族で入って来られた千野様。中古で購入した家の建て替え。まだ残債が残っている中で、いつ建て替えるのかを迷っているようだった。

大豪ホームを気に入って頂き、出来ればお子様が小さなうちに実現したいと、打ち合わせを進めてきた。

六月が終わろうとしている中、もう少しゆっくり検討したいとおっしゃられた。それを聞いた遠藤さんは、月末まであと三日というところで夜九時に訪問をし、さらにもう一度値引きの条件を持ってくるからと、二十九日の夜にアポイントを取った。

どんなに遅い時間でもいいから。そう言って引かない遠藤さんに押し切られた形で、千野様は渋々承諾した。


「一週間ほど待って頂くことは出来ないんですか？　今聞いた条件も含めて検討したいのに、なぜ駄目なんですか？」

「今月の条件として、会社から決済をもらってきたものなんです。期限は明日までです。もしここで決めて頂けないのでしたら、この値引きはなくなりますので、千野様の予算から更に離れてしまうことになります。ですから今日決めて頂けないのでしたら、すっきり諦めます」

ご主人の奥歯が強く噛みしめられているのを頬の筋肉が表していた。奥様も渋い顔をしている。

二十二時半を時計が指している。二階で寝静まっている子供たちのことも考え、小声でやり取りは続いた。

「何時まででも待ちます。契約頂けるのか頂けないのか、今日決めて頂けませんか？」

ご夫婦で顔を見合わせた。ため息。はっきりとは分からなかったが、ご主人からもれた気がした。

「何時になってもいいんですか？」

「もちろんです」

ご主人が意を決したように言った。

「分かりました。それでは、一旦席を外して頂けませんか。夫婦で話し合いますので。結論が出たら電話します」

「そうですか、ありがとうございます。それでは近くに停めている車で待機しておりますので、ご連絡をお待ちしています」

千野様の家を出てから、遠藤さんはずっと黙っていた。言いようもない緊張感が僕との間に漂っていた。

車に戻るとタバコを手にし、無言で吸い終わると電話を手にした。支店長の村松さんだろう。報告を済ますとまた黙ってマッチで火を点けた。

「まだかかってこないというのは、しっかり検討しているということなんだろう。望みはあるな。細川、ちょっと様子だけ見てこい」

日付が変わった時、遠藤さんが顎をしゃくった。

田んぼの横に停めている車を出ると、辺りはひっそりとして、目に留まるアパートやマンションの電気もほとんど消えていた。点滅を繰り返す街灯が、僕の影をコマ送りのように足元に映している。

千野様との出会いからのことが思い返された。

ここでの結果がどうであれ、今回の計画が成就した時、今日のことは千野様の心にどういう風に刻まれているのだろう。

ご夫婦のさっきの表情は思い出せたが、笑顔で話していた頃のそれを思い出すことは出来なかった。


電話が鳴ったのは〇時半を過ぎた時だった。

遠藤さんがタバコを消した。結論が出たというご主人の言葉に、鼓動が早くなった。

玄関先に立つ千野様。表情からは疲労の色が見えた。

「遅くなってしまいすみませんね」

「いえ、とんでもありません。こちらこそ遅くまでご検討くださりありがとうございます」

奥様は出て来られなかった。立ったまま続けた。

「妻とも話し合いましたが、今日までに、という条件でしたら答えはNOです」

一瞬外と同じようにここも静かになった。僕は落とした視線を上げられなかった。

「そうですか。どうしてもダメですか」

「はい、今回はご縁がなかったということで……」

固く腕を組んだご主人から、拒否という意志が表れていた。

いくつか遠藤さんが言葉を発していたようだったが、僕にはもう聞こえてこなかった。

まただ。

笑顔のお客様が、打ち合わせを進めるたびに変わっていく。

車に戻った後の、「ここで決まらないなら追ってもどうせ無駄だよ」という遠藤さんに返事はしたものの、僕にはもう我慢が出来なかった。

会社の都合。それによってお客様の気持ちを失っている。

これが営業なのか。これが正義なのか。僕にはもう、何がなんだか分からなくなってしまった。

七月に入り、梅雨も半ばを迎えていた。

四半期決算を終え、僕の受注はゼロだった。それどころか、青木さんが一件の契約、そして遠藤さんも一件で、九州のチームの中で最低だった。特に六月はアポも少なく、遠藤さんの機嫌は常に悪かった。

梅澤さんもゼロで、反省文を書かされていた。今日中に提出だと言われ、遅くまで書き続けている姿を見て、これが本当に営業の成果につながるんだろうかと不思議に思った。異動になっただけで会社は変わってないのに、この違和感はいったい何だろう。


「あいつも上からの締め付けが厳しくなってるんじゃないか?」

静かに言った。

営業に異動になって三ヶ月が経ち、前の上司だった渡辺さんが、僕を心配してくれて昼食に誘ってくれた。

久しぶりに渡辺さんと過ごす時間が、僕に癒しをもたらしてくれた。

「正直、今はあまり近寄りたくないですね」

「と言うと？」

「いつもイライラしてますし、何かやるとすぐに怒られてしまいますので……」

安心しきってしまっていた。ついつい愚痴が出てしまった。

渡辺さんは目じりを下げ、数回頷いた。

「若い時から知っているが、悪い奴じゃないんだ。不器用なところはあるけどね。彼がまだいたなら、もしかしたら道は違えなかったのかもしれないけど……」

「彼って？」

「大野という遠藤のインストラクターだった男だ。

熱い男でね。理不尽は、上司だろうがなんだろうが許せないような奴だった。

いつもはその熱さを表に出すことはなく、それでも心の底で炎を持ち続けている、そんな男だった。

遠藤は彼を慕っていたからね。だから彼が辞めたときは本当に落ち込んでいたよ」

「辞められたんですか？」

「そうなんだ。組織の中にい続ける奴とは思わなかったけど、それでも急だったよね。私もびっくりしたよ。

もう五年になるかな。彼は今何をしているんだろうね」

ごぼう天うどんが運ばれてきた。とろろ昆布をたっぷりとのせて手を合わせた。

箸を料理と自分の間に置いて手を合わせる。天からの頂きものを食べさせて頂く際の日本人としての作法。これも渡辺さんに教えて頂いたものだ。

「でも、こんなこと言うと怒られるでしょうが、まだ遠藤さんの為に頑張れる、そういう気がしないんです」

渡辺さんがニコッと笑った。

「そうか。まだチームとしては機能していないんだな。ゆっくりやればいい。でもな、そのままこの半期を終えるんじゃないぞ」

「え？」

「ずっとそういう状態でいるのは良くないということだ。ちゃんと自分自身で消化して、その中で前向きな道を探さないといけないよ」

「どういうことでしょう？」

ひと時の間をおいて、静かに続けた。

「君自身が後悔することになるんだ。

人はね、何かに辿りついた時に必ず後ろを振り返る。自分自身の足跡を見るためにね。

そして誰と歩んでいたとしても、そこにどんな想いがあったとしても、そこで目を凝らして見る足跡というのは自分自身の力で歩んだものだけなんだ。どう歩んだかは自分だけが知っている。手を抜いていたかどうかもね。

だからどんなにカッコ悪くたっていい。自分の足で歩んだものだけが大事なんだ。周りの環境で言い訳するなんてもったいない。そんなものは関係ないんだ。自分の足跡だけしか見ないからね。

そしてそれが誰にも分け与えられない財産になるんだ。良くも悪くも……。見ているのは他人ではなく、自分自身なんだよ」

目が射抜いてきた。その目を見据えることが出来なかった。

僕は遠藤さんのせいにして、自ら歩むということをしていない。恥ずかしい。渡辺さんの優しさが僕の言い訳まですべてを包み込んだ。


「すみません……」

「謝ることじゃないよ。君が率直に感じたことなんだろう。別に間違っているというわけじゃない。

でもね、いずれ分かっていくことだろうけど、自分をコントロールすることを覚えていないか？」

かないといけないよ」

「そうだ。君は今、目の前で起こることに、良いことと悪いことがあると思っているんじゃないか？」

「コントロール、ですか？」

　そんな当たり前、聞くまでもないんじゃないか。

「はい、その通りだと思います」

「やっぱりそうか。でもな、それは違うんだ」

　いきなり否定されてしまった。予想外の反応に目を大きくした。

「どういうことですか？」

「すぐには分からないかもしれない。でも覚えておくといいよ。

　目の前で起こることは、ただの客観的な事実だけなんだ。その事実自体がネガティブに向かわせることなんてないんだ。

　その客観的な事実から、どういう反応を取るかというのは、自分自身にかかっている。選んでいるのは自分自身なんだ。

　物事には、視点の向け方次第で、両極端な二つの見方が存在する。

　ピンチの裏側にチャンスがあり、メリットの裏側にデメリットがあり、リスクの裏側にリターンがあり、ポジティブの裏側にネガティブがある。

すべて表裏一体。客観的事実は、いつも良いことと悪いことが一緒にやってくるんだ。それを取り入れる側が、どういう感情に結び付けるかを自ら選んでいるんだよ。少し難しいのかもしれないけどね。

だから僕は不快な感情を持った時、息を吐いてすっと心の中の立ち位置を変え、自分も含めたその環境を客観的に見るようにしているんだ。

そうするとね、僕がその現象からどういう感情を選んだのか、どういう反応を選んだか、そしてなぜそんな選び方をしたのかと第三者的な視点で見ることが出来るんだ。

その時点で既に、イライラしている僕はいなくなっているのは面白いよね」

そう言って汁をすすった。

物事の受け取り方は、自分次第ということか。何か難しい話だが、今の僕に大事な話ということだけは分かった。

「渡辺さん、ありがとうございます。ちょっと落ち着けた気がします」

「細川、そこからどんな学びがあるのか、そういう目の向け方をすると、いつでもワクワクすることが出来るようになる。

君も今からだ。大丈夫！」

その言葉にまた勇気をもらった。

大丈夫。

この言葉に僕は何度助けられたんだろう。渡辺さんに心配かけないように頑張らないと。

照りつける日差しも僕に力をくれている感じがした。

やっと梅雨が明け、本格的な夏がやってきていた。七月の半ば。セミの大合唱が街中に鳴り響いている。今年の夏も暑くなりそうだ。

土曜日。外の花に水やりをした後、通路にもしっかり水を撒いた。

「お前らもっとペース配分考えろよ！」

青木さんがふざけたように叫んだ。何でこの人はセミに説教してるんだろう。思わず声を出して笑ってしまった。

展示場の掃除をしていた梅澤さんも笑った。違和感。どこかいつもと違うような笑顔だった。

「二人に話があるんだ」

事務所に戻ってきた時、梅澤さんがふいに声を発した。その声も、その表情も、その空気感も、いつものそれとはやはり違っていた。

「どうしたんですか?」

青木さんもその違和感を感じているようだ。

「実は……」

重い。空気が重かった。固く結んだ口を開くまで、かなりの時間を要したように感じた。

「会社を辞めることにしたんだ」

「え?」

辞める? ぱっと浮かんだ言葉以外に他の意味がないのか、頭の中がグルグル回っていた。でも全然浮かんでこなかった。

「辞めるって、この会社を辞めるということですか?」

振り絞るように言葉を吐き出した。

「そうなんだ」

「何で……」

いつも明るい青木さんもさすがに真剣な顔をしていた。

時計の秒針が音を立てている。しかしいつも感じるそれよりも明らかにゆっくりした刻み方をしていた。

僕と青木さんはただ梅澤さんが次に発する言葉だけを待っていた。

「今まで黙っていてごめん。実は、うちの父が三ヶ月前に倒れたんだ。軽い脳梗塞だったんだけど、なかなか経過が良くなくてね」

確か兵庫県で造園業をされていたはずだ。梅澤さん自身、庭木に妙に詳しかった。まだ若いんじゃないだろうか。

「母から帰ってきてほしいと言われてたんだ。いろいろと悩んだんだけど、帰ることにしたんだ」

お子さんが一人、まだ三歳だったはずだ。

「お前たちと最後まで付き合えずに申し訳ないな」

この三ヶ月は大変だったようだ。

休みのたびに実家を往復し、話し合ってきたらしい。頼りがいのある先輩だった。急に辞めるという現実は、簡単に受け入れられなかった。

少し落ち着いてきた僕達は、今後のことを教えてもらった。

来月の頭まで引き継ぎをして、盆前には実家に戻るらしい。遠藤さんには昨日の夜に伝えたそうだ。梅澤さんがいなくなる。いくら家庭の事情とはいえ、突然のことになかなか整理がつかなかった。

十一時を回った頃、支店での作業を終えた遠藤さんが展示場にやってきた。いつにも増して気難しい顔をしている。まとう空気のトゲがさらに増えたようだった。

「聞いたか？」

梅澤さんが打ち合わせに出た時、青木さんと僕に言った。はい、という僕たちに、信じられないような言葉が返された。

「梅澤のことは仕方がない。だが予算はそのままチームに課されるらしい。三人で四人分の予算だ。あと二ヶ月しかない……。あいつの分も何とかしないといけないぞ」

耳を疑った。

何だこの人は。こんな時でも予算のことしか言わないのか……。梅澤さんの事情を気に掛けるくらいのことが出来ないのか。

『自分をコントロールすることを覚えていかないといけないよ』

渡辺さんに言われた言葉が浮かんできた。

しかしすぐに怒りが消し去った。

もう嫌だ。こんな人と仕事をしていくなんて、とても無理だ。青木さんの目からも、いつもの底抜けの明るさはもうなかった。同じ想いだったようだ。

トイレに行くふりをして外に出た。

セミの声が聞こえないくらい頭に血が上っている。叫びたくなる衝動を何とか抑えるだけで精いっぱいだった。

顎先から落ちてくるしずくを、僕は手の甲で払った。

第四章

遠藤の変化

忘れてしまった大事なものを取り戻したい。

そして教えられたことをもう一度手にしたい。


大野さんの写真を見てからというもの、少しずつ私の意識は変わっていった。

考えてみれば、いつからか家づくりのお手伝いが楽しいと思えることがなくなっている。

確かに大野さんがいた頃は、この仕事が好きだった気がする。ワクワクしていた自分がいたのは間違いない。

しかしその気持ちがもう一度胸に戻ってくるとは、今は思えなかった。義務感。そういうものが頭の中を支配している。

以前の手帳を引っ張り出してきた。あの時の私は何を見ていたのだろう。どう進んでいたのだろう。

打ち合わせの邸名やメモ。端々に書かれている目指す将来像を見ながら、少しずつあの頃の感覚を取り戻していった。

「利得に走らない」

六年前の手帳にそんな言葉を見つけた。

大野さんと一緒に仕事をしていた頃だ。会社の為、いや自分の為にお客に損をさせてしまった時、大野さんに本気で怒られた。

そうだ、あの時心に誓ったじゃないか。私自身が持っていた想いなんだ。

今の手帳にその言葉を写した。

文字を書くだけで冷や汗をかいたのは初めてだった。

「綺麗ごとを貫け」

この言葉……。何かにつけてよく大野さんが口にしていた。

自らに言い聞かせるように。そして私にも伝えてくれていた。そのはずだった。

あの時大野さんは、豊臣秀吉のことを話してくれた気がする……。

「遠藤いいか、僕たちは会社に雇われてはいるけど、お客様からしたらただ一人のパートナーだ。それを忘れるな。

お客様の前では、会社員じゃなくお客様に寄り添えるプロなんだ。

周りではそんなのは綺麗ごとだと言う人もいる。

でもそれでいい。綺麗ごとだろうが何だろうが、それを貫け。それが僕たち営業の使命だ。

豊臣秀吉を知っているだろう。どこか要領の良さが際立っているような彼も、それを貫いたことがある。

織田信長から斉藤氏を倒す為に指令を受けた秀吉は、内部から崩壊させることで武力衝突を減らそうと、斉藤氏家臣の大沢次郎左衛門を説き伏せた。寝返りを打った大沢に、指令を出していたはずの信長が手のひらを返すんだ。

『寝返りものは信用が出来ない。今日中に腹を切らせろ』

秀吉は身が凍った。

あの信長だ。言い出したら聞かないのは分かっている。

しかし自分を信用してくれて応じてくれた次郎左衛門に腹を切らせるなど、己の信が許さない。

絶対者の信長に対して、自分の信を貫くなど、ただの綺麗ごとにすぎないだろう。それを覆したとしても、周りにも、そして今の我々にも咎めるものなどおそらくいない。

しかし、秀吉はその綺麗ごとを貫き通すんだよ。

信長が腹を切れと言ってきていること、命を守ると言った自らの言葉に嘘はないこと、このまま逃げるだけでは命の保証がないから自分を人質として使ってほしいということ、それらを正直に次郎左衛門に伝えた。

彼は秀吉の身を案じそれを固辞するが、絶対に引かなかった。

戦国の世でありながら綺麗ごとを貫き通したんだ。

結果的にそれを実行した二人は共に命を長らえ、次郎左衛門は信長に仕えつつも専ら秀吉だけの為に動き、そしてその噂は広がって秀吉の家臣になりたいというものは増えていくんだ。

天下人になったという今から振り返れば、計算があったとかなかったとか憶測もあるだろうが、信長相手でそれだけの自らの信を貫くなど、その時は命がけの所業だったことは疑いようもない。

この日本で偉人と言われる人たちがなぜ光っているのか。それは今なら綺麗ごとと言われるようなことを貫いているからなんだ。

続く世代に、僕たちは示していかないといけないんだよ。

遠藤、胸を張って貫いていけ」


手帳に落とされた言葉をじっと見つめた。

いつこの言葉を手放してしまったんだろう。

大事なことを教えられていた。そしてそれを忘れてしまっていた。

手帳を見返す中で、少しずつ過去がひも解かれた。

大野さんが会社を去った後、私はリーダーになった。その辺りからだ。手帳に書かれる言葉にも変化が見られている。どう数字を上げるか、そんな言葉が大半を占めるようになってきていた。


「遠藤さん、ちょっとお話があるんですが」

梅雨が明け本格的な夏枯れが続いていた。

残り二ヶ月半をどう戦うかというリーダー会議が終わった時、最近様子のおかしい梅澤が声をかけてきた。

ただならない雰囲気を感じながら奥のミーティングルームに行った。そしてそこで聞かされたのは、まさかと思える内容だった。

辞める。

しかし家庭の事情ならば仕方がない。正直もったいないとも思ったが、内容が内容だけに引き留めることは出来なかった。

むしろよくここまで頑張ってくれた。盆前まで引き継ぎをしっかり頼むと言い、梅澤のこれまでの頑張りをねぎらった。

そのまま支店長への報告に行った。再びさっきの部屋に入る。ひと通り聞いた後、眉間にしわを寄せながら言った。

「梅澤が辞めるのか。しかも盆前か。それじゃあ予算は変わらんぞ。支店のノルマも変わらん。もっと早く辞めさせられないのか、ん？」

信じられない言葉が返ってきた。梅澤自身のことや家庭のことの前に、数字を言い出した。

もっと早く？　お前に人の心というものがあるのか。

のど元まで上がってきた言葉を飲み込んだ。鼻から出てくる息の温度が明らかに熱くなった。

「お前自身もあと二ヶ月半だ。今のままの成績だと降格は間違いないぞ。残りの二人にしっかり言って、何としても受注しろ。まったく迷惑な話だ」

梅澤がここにいなくて良かった。こんなこと絶対に聞かせられない。

この口を閉じさせることは出来ないのか。こめかみの血管が浮きあがっているように感じた。


梅澤が抜ける。チームとしてもその穴は大きかった。

正直なところ、青木は私との付き合いが長いからまだいいにしても、細川にとっては梅澤がほど良い緩衝剤になっていたのではなかろうか。

年齢差が作り出す以上の壁を最近感じていた。


多幸八に入ったのは二十二時を廻った頃だった。何となく足が向いて、気が付いたら店の前に立っていた。

ちょうど村崎と入れ違いだったようだ。珍しく奥の席が空いている。いつもはあいつが座っている席に座った。

「遠藤さん、少し雰囲気が変わったね」

「え？」

キンキンに冷えた生ビールを出してくれたマスターが言った。

「そうですか？」

「いい面構えになってきたたい」

横で伊庭ちゃんは締めのご飯を食べていた。焼かれたサバの身をほぐしている。

「まだまだ変わりきれていませんよ」

「どういうことね」

優しい笑顔で促した。

「忘れてしまっていたものを思い出したんです。このままではいけないって、そう思えるようになりました。でもまだ私は全然ダメなんです。道は遠いですね」

マスターがニコッとした。

「それでいいとよ」

「えっ」

「それでよか。

人はね、変わった姿を見てあいつは変わったたって評価するわけじゃないとよ。変わろうと懸命にもがいている姿を見て、あいつは変わったたって思うったい。だけんそのままでよか。どんどんもがきんしゃい」

「はい」

何だろう。口調も言葉も違うが、大野さんに言われているような気がした。


珍しく閉店間際まで飲んでいた。

片付けを拝むのは初めてかもしれない。

包丁を研いでいた。

シュッシュッと小気味のいいテンポが響いている。

「マスターは、毎日そうやって包丁を研いでるんですか？」

私の言葉に少し不思議そうな顔をした後、また手元に視線を戻して言った。

「そうよ。後始末たい。次に始められる準備までして終わるのが、プロというもんやろう。わしも料理人のはしくれやけんね、このくらいのことはせにゃならん。

料理をする人間が、その日の一番最後にするのが包丁を研ぐということなんよ。

アマチュアは、始める前に準備しようとするやろうが。でも違うとよ。研いですぐ後に調理をしたら、金属の味まで移ってしまうし、何より後始末の出来てない料理人の作る料理は、心が整っとらん。

始め方よりも終わり方が大事ったい。分かるやろ」

後始末……。準備……。

酔った頭にも、とても大事なことを教えて頂いたということが響いてきた。

私はプロとしての準備が出来ているのだろうか。始末が出来ているのだろうか。考えてはみるものの、その答えに胸を張ることは、到底出来なかった。


「マスター。私は本当にまだまだ、ですね」

目を細めた。顔はまったく違うが、父のように見えた。

「出来ることからやりんしゃい」

「えっ」

包丁を研いだ後、きれいに拭きあげたマスターが言った。

「変わろうってもがけばいい。でももがき方の分からん人もおる。遠藤さん、あんたももしかしたらそうじゃなかかね。

遠くば見らんでよか。足元ば見ればいいったい。

出来ることしか出来んっちゃけん。やってみて歩んだその先に、初めて見えてくるものがあるったい。だけん止まらんで歩んでいきんしゃい」

低い声で言った。ありがたい。ここでの時間が一歩踏み出す勇気をくれる。今日ここに無意識で足が向いた意味が今頃分かった。


「はい」

マスターの言葉に応えた時、おもむろに頭に浮かんできた。

そうだ、大野さんに会いに行こう。

いや、今会いに行かなくては、きっと後悔することになる。

意味があることとしか起こらない。マスターに教えられたことだ。あのタイミングで大野さんの記事を見たのも、私にとって意味があることなんだ。今の苦悩も、きっとこのためだ。

確信としか言えないような思いが胸に居座った。

「マスター、ありがとうございます。私も一歩踏み出せそうな気がします」

一瞬不思議そうな顔をしたが、私の目を見ると、またその目を線のようにして、笑った。

小学生が多くなっていた。

夏休みに入ったんだろう。今年のセミは力強い。まるで変わろうとする私への応援歌を奏でてくれているようだ。

あの雑誌に載っていた連絡先から、大野さんにメールで連絡を取った。

早速電話がかかってきた。五年を超える時間が過ぎていたが、つながった電話からはそんなことを感じなかった。

「遠藤、久しぶりだな。びっくりしたよ。元気してるか?」

「はい、随分ご無沙汰してしまいまして……。今はどちらの方で活動されているんです?」

「今は福岡を拠点にやっているよ。そうだ、久しぶりに飯でも行かないか。お前も忙しいだろうから無理にとは言わんが、どうだ?」

「是非お願いします。良かったら今度の休みにでもいかがでしょう?」

どうしても大野さんに会って、あの頃の自分を取り戻したかった。同じ空気を吸いたかった。

半ば強引にお願いした。

天神から西鉄大牟田線に乗り換えて急行で十五分、下大利の駅を降りて右へ歩いた。

パチンコ屋を越えて信号を渡ると左手に看板があった。古くからある店なんだろう。その辺にあるチェーン店とは違う趣がある。

『東府』そう書かれた店のドアを開けた。

「いらっしゃい」

炭の煙が店中に漂っていた。兄貴、私の年齢から言うとそう思える大将が笑顔で迎えてくれた。

「大野で予約が入っているはずですが……」

「ああ、大野さんの。カウンター奥にどうぞ」

炭が染みついている、そんな店内を見回し、多幸八に似た落ち着きを感じた。

大将は高校球児だったらしい。新聞の切り抜きが飾ってあった。言われると野球をやっていた人独特の破天荒な感じがある。しかし串焼きを焼く姿は、目を光らせた職人としか思えなかった。

ガラッという音と共に入り口のガラス戸が開いた。

「やあ遠藤、早かったね。待たせてすまない」

懐かしい顔がそこにあった。緊張と和みと懐かしさと、たくさんの感情が湧きあがってきた。

「大将、いつもの適当に焼いてください」

再会の挨拶をした後に、大野さんはここのネタの多さを教えてくれた。特に野菜巻きが美味しいらしい。豚バラで巻かれたオクラにアスパラにえのきに白ねぎ、その辺は他でも聞くが、大根にニラにナスにキャベツの芯？　初めて聞くようなネタに驚かされた。


「どうした、何かあったか？」

あの時と変わらない笑顔で語りかけてくれた。話したいことは山ほどあった。

でも大野さん自身のこの五年間に一番興味があった。

「大野さん、今ってどんなことされてるんですか？」

「そうか、詳しく伝えてなかったね」

会社を離れたのは知っている。やるせない気持ちもした。でも、その後何をしているのかは、聞かされていなかった。

指導頂いていた時よりも歳を重ねているはずなのにも関わらず、若返ったのではないかと勘違いするほど、久しぶりに見たその顔は輝いていた。

「今はね、マイホームプロデューサーって言うのかな、そんなことをやっているんだ」

「マイホームプロデューサー？」

「そうだ、マイホームを建てたい、買いたい方のプロデュースをしている。特定の商品に偏らない情報提供と選択肢の提案を、お客様の側で、まさに右腕となってお手伝いをするんだ」

あまり聞かない仕事だった。初めて聞いたと言っても良かった。

「どうしてそんなことをしようと思ったんですか?」

「ああ、家づくりというのが一般的な買い物に比べて満足度が低いというのは、君も知っているだろう」

「はい、確かになかなか業界全体の満足度が上がりませんね」

「あれは、他の買い物との仕組みの違いが、一つは関係していると思ったんだ」

「仕組み?」

「ああ、普通お客様が何かを購入しようとする時と比べるとよく分かるんだけどね。例えばパソコンを買うとしようか、そのお客様がパソコンメーカーの営業から直接話を聞くことってあるかな?」

製造元ということだろうか。過去の買い物を思い起こしていた。

「いえ、まず聞くことはないと思います」

「そうだよね。購入の際には、必ず小売店や販売店を挟むはずなんだ」

確かにそうだ。

「メーカー側は、どんなに自社の商品が素晴らしいかを伝えたいと思っている。それはいいとか悪いとかではなく、そういうものだろう。

でもお客様が購入の際に説明を聞くのは、それらのメーカーの話をまとめて、メリットやデメリットを整理してくれている小売店や販売店からなんだ。

特定の商品が売れてくれればいいわけではなく、どれかを買って下さったらいいわけだから、お客様の使い方やイメージに合わせて提案してくれるよね」

「はい、そうだと思います」

「じゃあ、家づくりの時ってどうだろう。

工務店、住宅メーカー、金融機関、そういう商品を作る側の営業が、お客様に直接提案していくよね。

当然売り手の側から伝えたい形でセールスをしてくる。お客様はそういう経験をなかなかしないから、整理がつかないんだ」

言われるとその通りだった。

「しかも注文住宅の場合なんかは、商品すらないんだよね。作るのはあくまで契約後なんだから。

車みたいに、確かめた商品と同じものが納品されるわけではない。

だから、ちょっと悪い見方をすると、メリットを誇張したり、逆にデメリットを見せなくするようなことが、営業次第で簡単に出来てしまうんだ。自分の商品を選んでもらえるように、提案の幅を都合よく制限したりも出来る。

過去を振り返ると、君も心当たりがあるんじゃないか？」

胸に手を当てるまでもなかった。つい先日も、予算に合わせて提案を変えるよう細川に指示をしたばかりだ。

「私は、家づくりにもいろいろな形があっていいと思った。

携わるプロとして、ちゃんとメリットデメリットを伝え、考えられる限りの提案をしていく。そこに特定の商品を売らなければならないということが、私にとっての足かせになりだしたんだ。

せめて普通の買い物ぐらいのレベルまでは満足度を上げる。それが私のテーマになりだした。

しかしそれをいくら売り手側から伝えようとしても、限界があることに気付いたんだ」

それはそうだろう。一般的に伝えようとしても、そこに商品が介在するとしたら、お客にはそう伝わらない。

「だから売り手側、作る側を離れる必要があった。売り手側にいたからこそ分かることをお客様の側に寄り添って手伝える右腕、そういう人が必要だと思ったんだ」

理想的ではある。しかしそこに向かう勇気を持てるとは、今の私には思えなかった。

「簡単なことではないですよね。よく決断されましたね」

「当然迷ったよ。収入もブランドも、手にしていたものをすべて捨てるんだからね。それでも日に日に私の中の何かが大きくなりだし、ついに片隅では居場所が足りなくなりだした。組織というものを飛び出そうと決心したのはその頃だったよ」

組織。数字という呪縛がそこにあることは私にも容易に分かりだしていた。

「すぐに成果につながったんですか？」

「まさか……。簡単では当然なかったよ。最初は本当に苦しかったね。分かって飛び込んだとは言えね」

遠い目をした。

「まったく認知されていないわけだから、それをどうにかしないといけない。広告を出したりするけど成果もなくてね。チラシを刷ってマンションに配って回ったりもした。でもそう簡単に反応はなかったんだ。

自分自身が必要とされていないような自己嫌悪に陥った時もあったよ。しかし、自分で選んだ道なんだ。後戻り出来ない状態にしたからこそ、歯を食いしばって、やれることをどんどんやろうと決めたんだ。

綺麗ごとを貫き通す。

君にもいつか言ったことがあるかな。目の前にどんどん浮かんでくる『欲』の文字を、その度に払いのけていったんだ」

言葉の端々に強い意志を感じた。

「そんな時に出会いを頂いたんだ。びっくりするようなご縁だったんだけどね。あの人は住宅ローンのプロデュースをしていた。お客様に合った住宅ローンを提案していく。僕もローンは詳しい方だと思っていたけど､元銀行マンで審査の側にいた人だから、詳しいのレベルがやっぱり違った。

僕よりも三年ほど前に独立していたんだけど、想いが近くてね。いろいろと教えて頂いたんだ」

住宅ローンのプロデュース。どこかで聞いた気がした。

「大野さん、その方ってもしかして松中さんのことですか？」

「え？　遠藤も健太さんを知っているのか」

びっくりした顔をした。

「知っているというか、名前を聞いたことがあるというくらいですが……」

「そうだよ。健太さんとコンビを組ませて頂くことになった。家づくりに向かう方を助けるためのチームとしてね。

もちろんそんなプロデュースチームはなかったから、それからも苦難の連続だった。一緒にやりだしたセミナーは、家づくりの仕組みが根本から変わる内容だ。目の向け方が変わってくる。

家づくりが楽しくなくなってしまったようなお客様も、笑顔になって帰っていかれる。何人もそういう方がいた。業者側からしたら、あまり面白くない話もある。でもそこまでしっかりと整理して伝えていくから、お客様の不安も少なくなっていくんだ。

売り手側をいじめるためではなく、仕組みを整理することで、家を作る側の営業自身も楽になっていく。最終的にはお客様も営業も、笑顔になっていけるはずなんだ。いまだにそんなのは綺麗ごとだと言う人はいるけどね。

そうだ、君も機会があれば、僕たちがやっているセミナーに来てごらんよ。君がまだ綺麗ごとを貫けているのなら、必ず役に立てるはずだよ」

やっぱり大野さんは大野さんだ。あれから五年以上経った今も、ちゃんと貫き通しているんだ。

もしかしたらそれを確かめるためにここに来たのかもしれない。そして自分の駄目さ加減にケリをつける。そのスタートを切ろうとしたんだ。


丁寧に焼いてくれた野菜巻きが出された。

ニラ巻き。初めて食べるものだった。幅が揃ったニラが直径二センチ弱に束ねられている。どんな味がするんだろう。

ゆっくりと頬張った。

途端にニラの旨みと香りを含んだ汁が口いっぱいに溢れ出た。初めての食感にビックリしたが、人に教えたくない味があるとしたら、おそらくこういうことを言うんだろうと思った。


「で、どうしたんだ？　何かあったんだろう？」

ビールを流し込んだ後、優しい眼差しを向けてきた。同じようなしぐさでビールを流し込んだ。

「実は私自身、方向性が見えなくなってしまって、大野さんに会って、どう進むべきなのかもう一度自分自身を見つめなおしたいと思ったんです」

「そうか、いろいろとあったんだね。良かったら聞かせてくれないか」

ニコッとした。その目が優しかった。

一言ずつ、少しずつ私は言葉を発しだした。

記憶の糸をたぐるように。手が届かなくなってしまったところから引っ張り上げるように。

一つ蘇るごとに、その時の感情も戻ってきた。何とも言えない、不思議な感覚でいっぱいになった。


それから一時間。

大野さんと離れてからのことをしゃべり続けた。

それに耳を傾けながら、ずっと微笑み続けてくれていた。

愚痴、迷い、つらさ、悔しさ……、今まで忘れてしまっていた感情までが話すごとに心の底から湧いてきた。

そして一つ話すごとに自分の中でそれがクリアになっていった。気持ちが整理され、何が問題なのかが分かっていった。

大野さんは口を挟まずに、聞き続けてくれていた。相づちひとつひとつに優しさを感じた。


気付くと私は涙を流しながら話していた。

止めようにも止まらない。

心の黒い部分さえも自分の涙が流してくれるようだった。

話せば話すほど、忘れてしまっていた想いが蘇ってきた。

いつからかお客やメンバーの方ではなく、上ばかり見て仕事、というより作業をしてきたんだ。

今の状況は、自分の在り方に原因があったんだ。変わってしまっていたのは、周りではなく自分自身だったんだ。


「何か、見えたかい？」

すべて話し終えた後、大野さんが優しく語りかけてくれた。

涙はもう乾いていた。

「すみません、すっかり愚痴をこぼしてしまいました。でも、何か分かった気がします。すべて自分なんですね」

ニコッとした。何も言わずにジョッキを傾けた。

「僕もね、何度も挫折を味わっては、君と同じ想いに立ち戻ったよ。すべてが自分なんだってね。

良い時も悪い時も、楽しい時もつらい時も、どう捉えてどう割り切るか。その都度学ばさせられているよ」

大野さんもそんなことを感じることがあるんだ。私が知る大野さんからは、想像が出来なかった。

「若い時にね、渡辺さんという上司に言われたことがあるんだ」

「渡辺さんって、今ホームサービス課の、ですか？」

「あ、そうだったね。君はまだ同じ会社だったね。そうだ、その渡辺さんだよ。僕は若い頃、あの人のもとで指導を受けてきたんだ」

大野さんが渡辺さんの部下だったのか、初耳だった。

「二年目の時だったかな。一年目に評価されて傲慢になっていたのもあるんだろうね。契約頂いたお客様が解約になったり、ミスも重なったりしてまったく契約頂けなくなってしまったことがあるんだ。

不調で、何もかもうまくいかなくてね。誰か助けてくれ、ここから救い出してくれって思っていたことがあるんだ。

何で手を差し伸べてくれないんだ。なぜなんだ。ずっとそう思っていた。

今になると、差し伸べられていた手があったことも分かるんだけどね、その時の僕にはまったく見えていなかったんだよ」

「大野さんにも、そんな時があったんですか?」

「もちろんさ。そしてその時にね、渡辺さんに言われたんだ。

あれは車で二人きりの時だったかな。

夜、辺りは真っ暗だった。静かな車内でずっと無言が続いた後、もうすぐ渡辺さんが降りるという時にね、ぼそっと言われたんだ。

『最後は自分の力で這い上がってくるしかないんだ。いつまででも待っているから、上がってこい。お前はそんなんじゃないだろう?』

小さい声だった、でも力強かった。

『そんなんじゃないだろう?』

胸の奥に突き刺さるようだった。

唇を噛みしめてね、『はい』としか言えなかった。

車に乗られた時、怒られるんじゃないかとか説教されるんじゃないかとか、いろいろと考えていた自分が恥ずかしくなった。

渡辺さんを降ろして一人になって僕は家まで車を走らせた。

前を走る車のテールランプがにじんでいたよ。信号かランプか分からないくらい前がぼやけてね……」

遠くを見つめていた。

その時の景色が見えているかのようだった。目が潤んでいた。

「人は立ち上がるたびに強くなっていくのかもしれないね。

そして誰かが見てくれているから、どこかで見てくれていると信じることが出来るから、人は何度でも立ち上がれるのかもしれないね」

大野さんの一言が、忘れていたものを、ひとつずつ思い出させてくれていた。

しいたけが出てきた。

大野さんに続いて頬張った。こんなにジューシーになるのか。しいたけそのものの印象が変わったようだった。

「どう進むべきなのか、それも見えたかい？」

「それは……、まだ見えてないです」

「何だ、意外に正直じゃないか」

「いえ、そんな……」

しいたけの残りを口に運んだ。

「ひとつヒントをあげるよ。まず君自身が部下にやってほしいように動くことだよ」

「え？」

「指示をするのではなくて、自ら動くことだ。その先にしか本物の成果なんてない。今まで君は、どう動かそうか、そんなことを考えていたんじゃないか？」

完全に見透かされていた。その通りだった。

「相手に求めるのではなく、自らに求める。それが大事なことだ」

「自分に……」

「例えば、過去に実績を上げたのかもしれないが、今は役職も上がり、現役引退でもしたかのように、椅子にふんぞり返ってあれこれ指示だけ出す人がいたとしたら、君はその人の為に一生懸命に動けるかい？」

支店長の村松が頭に浮かんだ。

「いいえ、無理だと思います」

ニコッとした。

「そうだろう。君も嫌だろう？　それが人間というもんなんだ。損か得かとか、義務だとか、何だかんだ言ったとしても、結局は好きか嫌いか、尊敬出来るか信用出来るか、そういうものをベースに人は動くんだよ。

特に君のように、部下を持つ人間は注意が必要だよね。

自分自身の在り方というものを、常に意識しておく必要があるんだ。見られているのは常に、今どう歩んでいるのか、それだけだからね」

「そういう……、もんですかね」

「君自身のことを思い返すといい。過去にこの人の為に頑張ろうと思えた人の中で、人として尊敬出来ないとか嫌いだとかいう人がいたかい？」

「それは、ないですね」

「そうだろう。だから常に心に留めておく必要があるんだよ。どう見られているんだろうってね。

部下は君の指示で動くんじゃなくて、君自身の在り方についていくんだ。部下だといって侮ってはいけないよ。もしかしたら君よりも人間力の高い部下なのかもしれないよ」

大野さんは大将に『丸ごとピーマン』をお願いした。

ピーマンを切らずに炭火で焼くらしい。種を食べないように気を付けないといけないそうだが、旨みを逃さない食べ方だそうだ。

アテのキャベツを噛んだ。酢が効いたタレがよく合う。

部下は営業力についてくるものだと思っていた。

そしてそう対応してきた。

しかし大野さんと仕事をさせて頂いた時期、今までの上司への想い、思い返してみればみるほど、言われる意味が分かりはじめた。

「昔、君にも話したことがあるかな？　豊臣秀吉が綺麗ごとを貫いた話だ」

「大沢次郎左衛門、でしたでしょうか？」

「そうだよ。彼は絶対者である織田信長の為というより、秀吉の為に働こうとしたんだよね。権力という意味では信長の方が遥かに強いのにも関わらず」

「秀吉の人間性についていこうとした、ということですか？」

「自分の命を半ば投げうってでも、己の信を貫こうとした。その姿に惚れたんだろうね。

ここはね、理屈じゃないんだ。

人間である以上、どうしようもない部分なんだろう。うまく出来ているよね。感情が動いた時、人は動くように出来ているんだよ」

感情が動いた時に人は動く……。

なるほど、私は今までそんなことに目を向けていなかった。

特にリーダーになってからは、人としてどうかなんて考えてもみなかった。

「だから、君が部下についてきてほしいなら、君が部下に求める以上の人としての魅力を身に付ける必要がある」

「人としての魅力……」

頭を傾げた。

それをどうやって身に付ける？　何をすればいいんだろう。

「大野さん、私はその為に何をすべきなんでしょう」

「決まった方法なんてないよ。歩みながら考えてごらん。

魅力にもいろいろあるからね。

また会いたいと思える人、一緒にいて心地いい人、ああなりたいと目標になる人、横にいると学びの多さからペンが手放せなくなる人……。

いろんな魅力があっていいと思う。

でもこれは僕が思うことだけど、人は自分が出来ることを越えて出来る人を尊敬するんだと思う。しかもそれが自分の目指していることだったらなおさらね。

特に、能力的なことではなくて、心がけ次第で誰でも出来ることを自分以上に徹底している人は、僕自身が尊敬するんじゃないかな。

徹底。この言葉はよく聞くけど、それを貫いている人はあまり見ないよね。

ただ一度の例外もなくやり続けること、それが徹底ということだよ。覚悟、それがないと出来ないことだろうし、それを持った人に僕は魅力を感じる」

出てきたピーマンにかぶりついた。それに倣った。

塩しかかかってないはずだ。それなのに口いっぱいに広がる汁。こんなに旨いピーマンを食べたのは初めてだ。

種だけになったピーマンの皿をカウンターに上げ、ビールをあおって続けた。

「そしてその時に気を付けておかなければならないことがある。

それは、『人に優しく自分に厳しく』ということだよ。

当たり前のことに思えるだろうけどね、それでもほとんどの人はこれが出来ない。

僕にしてもまだまだ出来ていないんだけどね。

人は自分がやることを美化しようとし、他人のやることをなかなか認めることが出来ない、そんな勝手な生き物なんだ。」

「そういうもんですか」

「胸に手を当てて考えてみるといいよ。

例えば自分が休憩している時に一生懸命働いている人のことは見えないけど、自分が一生懸命汗水たらして働いている時に休憩している人を見ると、イラッとするだろう?」

「はい……、しますね」

「そんなもんなんだよ。自分が休んでいる時のことは棚に上げて、一生懸命やっている時のことを良く見せようとするんだ。こういう自我は、人間が生まれ持ってしまった罠の一つだね」

「罠、ですか」

「そう、罠だ。気を付けさえすれば、避けられるものなんだ。

実は人生の中にはこういう罠が至るところに隠されている。心の持ちようで、そういうことは防いでいけるんだ」

ひたすらはまっているのだろうか……。

過去を見つめながら聞いていた。

「相手にそうあってほしいと思うなら、まず自分が出来ていることが前提だということは分かるかい？」

目を見ながら頭を縦に振った。

「親が子供に躾をする。子供に教えようとしていることを、すべて完璧に出来ている親なんていないよね。子供たちに本気で教えたいなら、そうあってほしいと思う姿を親が示してあげるだけで充分なんだ」

大野さんの言葉が矢のように心に向かって一直線で飛んできて、そしてタンッと音を立てて突き刺さった。

「ある父親が、子供達がいつまで経ってもちゃんとあいさつ出来ないと言っていた。いつもガミガミと叱りつけていた。言っても言っても一向に出来ない。

そこである日、奥さんになぜなんだろうと相談するんだ。その時奥さんが言うんだね。

『あなたは私がおはようって言っても、ああとしか言わないじゃないの』

その言葉を聞いて胸に手を当ててるんだ。

途端に恥ずかしい思いが湧いてきた。何だ、出来ていると思っていたのは自分だけだったのかってね。

目線を変えると全然出来ていない自分を見ることが出来た。

それから子供たちを叱りつけるのはやめて、自分が出来ているか、それだけに目を向けるようになるんだよ。

そうすると不思議なことが起こった。今まで何度言っても聞かなかった子供たちが、普通に挨拶するようになっていたんだ。

結局は変えられるのは他人の行動ではなく、自分の行動だけだったということだね。

そしてこうあってほしいと願う姿にまず自分が向かうこと。その姿以上に教えることなんて出来ないんだ」

私はこの父親のようなんだろう。

相手に求めてばかりだった。

自分に求めることなんて出来ていなかった。

相手に求めるのではなく、自らに求める。大野さんが伝えようとしていることが、心の奥で、乾いた砂に染みこんでいく水のように、すっと入ってきた。

「私の在り方、それが重要なんですね。何か頭ごなしに言われるよりも腑に落ちた気がします」

「それは良かった。君の心がけ次第だということが伝わったようで良かったよ。心がけは、一瞬で変えることが出来る。これは凄いことだよ。技術は一瞬で身に付きはしないだろう？　でも今言ったようなことは技術ではなく心がけだから、本気で思ったら、一瞬で変えることが出来るんだよ」

大野さんにたくさんのことを教えられた。

同じ空気を吸う中で、心に巣食っていた黒い雲のようなものが少しずつ晴れ、切れ間から射す光が、どんどんその筋を増やしていくようだった。

支店長の村松からの指示は相変わらずだった。でもそれに踊らされない自分なりの軸が出来たように感じた。

大野さんに会って一週間。

自分自身の気持ちや状態も含めて、客観的に見つめるもう一人の私がいつもいるようになった。

何を見てきたのか。

何が見えていたのか。

そして、何が見えてなかったのか。

それをじっくり観察した。

何が出来ているのか。

何が出来ていないのか。

私に出来ていなくて、メンバーたちに出来ているのは何なのか。

意識の違いなんだろう。今まで見えてなかったものが、どんどん見えるようになってきた。そして見えたものを、素直に受け取っていった。

七月の折衝客も契約に至りそうになく、更に報告書が増えた。

しかし不思議と偏頭痛は襲ってこなかった。代わりに開き直りとも言えるような想いがふつふつと浮かんできていた。

投げやりになっているわけではない。

しかし泣いても笑ってもあと二ヶ月だと思うと、自分の信じることを、立ち戻った想いに添ってやるだけやろうと思った。

例え降格したとしても、所詮死ぬわけではない。そこに執着するよりもまず、やらなければならないことがある。

このタイミングで一緒のチームでやっているメンバーだからこそ、今まで出来なかったくらいの意思の疎通をしてみたい。

素直にそう思った。


トイレに立った時に、ふと椅子が目に留まった。二つの椅子。ちゃんと引かれたものとそうでないもの。

大野さんの声が聞こえてきた。

『誰にでも出来ることを人以上に徹底すること、それも人間力の一つだ』

振り返る。だらしなく放置された椅子が見えた。

私は自分の机に戻って、椅子を引いた。

過去の自分を振り返った。これまでこういうことに気付いていただろうか。いや、気にしたことがない。

椅子を引くことを当たり前にしている奴がこのだらしない椅子を見たら何と思うんだろう。

その後、青木や細川が立った時の椅子に目が行くようになった。

ちゃんと引かれている椅子。途端に恥ずかしくなっていった。

大野さんが言われていたように、私自身が見られていたとしたら……。今の状況は、自分で招いたとしか言えないのかもしれない。


梅澤が出てからしばらく一人でいた。じっくりと噛みしめていた。

ミーティングルームを出てコーヒーを買いに出た。

ビル下のカフェで、ラージボトルを頼む。夏でもホットのブラックしか飲まない。

店員の女の子が持ってきてくれたコーヒーを片手に、道に出て空をふっと見上げた。

街路樹のケヤキがいっぱいに葉を広げ、暑い日差しに色を付けてくれている。暑さを和らげてくれるその濃淡の影が、地面でゆらゆらと揺らいでいた。

梅澤に言われたことを素直に受け入れようと思った。

以前の私には出来なかったことだろう。

これから会社を去るあいつにアドバイスを求めることすらしなかっただろう。声をかけた時の梅澤の顔は、それがどれだけ珍しいことかを物語っていた。

チームの為に何をすればいいか、お前の目で見えることを教えてほしい。

一時間。

それを話してもらった。あいつの立ち位置でしか見えないことがあるはずだ。そしてそれが下の二人にとって、絶対に必要なことに違いない。

梅澤が語ることの中で、私自身が出来ることを書き留めていった。

部下ではなく自分に求めろ。

大野さんに言われたことが何度も胸に浮かんできた。


合宿。

梅澤の提案は意外だった。

しかし何もやらずに残り二ヶ月を過ごすことは出来ない。これにも何かの意味があるんだろう。

ミーティングで日時を決定し、一泊二日で旅館を押さえた。

青木と細川の顔は堅かった。それはそうだろう。今までの自分を振り返ると、距離が縮まるのかどうかすら不思議だった。

しかし自ら蒔いた種だ。

せめて二人がこの仕事に誇りを持ち、本来の良さが出せるくらい、私に出来ることが分かるようにはしたい。その結果、梅澤が言ったように距離が縮まるのであれば、そんな嬉しいことはない。


席を立ち、椅子を引いた後、ふと細川と目が合った。

目を丸くしているように見えた。

やっぱりこいつらには見えていたんだな、見られていたんだ。

今まですまなかったな。横切る時、その背中に心で語った。

私には見えていないものがまだまだあるんだろう。

お前たちに追いかけられるような背中を目指していこう。

あと二ヶ月でどこまで出来るか分からないが、心がけは一瞬で変えられる。大野さんに教わった通りだ。

やれるだけのことはやろう。その後のことは、たどり着いた先でしか見えないはずだから。
目の前の道を一歩進む。
今出来ることは、この信じた道を歩むことだけだ。

第五章

綺麗ごとを貫く男たち

盆に入る前のスケジュールを確認した。

「やっぱりあの映画を見に行けるのは盆明けか」

松中健太は汗を拭った。どんどん詰まる予定は留まることを知らなかった。

打ち合わせをしていた展示場を出て携帯を見た。

着信が三件と留守電が二件。車のカギを開けながらそれらを確認した。

打ち合わせと伝えている時間にはあまりかかって来ないはずの、ショップからの留守電が入っていた。来客の知らせだった。一応予定を確認したのだろう、アポイントをずらしたところで来客を入れているようだった。

真っ赤な車に乗り込んだ松中はドアを閉め言った。

「急がねばなるまいな。ただし交通規制には従ってな」

最近独り言を楽しんでいた。


松中が着く三分ほど前に一人の女性が来ていた。

知り合いからの紹介。六月に一旦ストップした家づくりをどうするのか、ヤキモキしながら一ヶ月が経っていた。

一回立ち止まった計画をもう一度進めるのはそんなに簡単ではない。初めよりももっと大きな動力が必要になる。

家づくりを助けてくれるチームがある。友達から噂を聞き、ワラにもすがる思いでやってきていた。

オレンジ色のポロシャツを着た松中を見て、女性は頭を下げた。

「すみません、お待たせしました」

「いえ、こちらこそすみません。急にお願いして。でも子供たちが夏休みに入って、子供会のキャンプに行っている今しかゆっくりご相談出来ないと思ったので。こんなに早く来て頂いただけでも良かったです」

ハンカチで鼻の頭を押さえ、眼鏡を直した。

松中がひと通りのことを聞いていく。

中古住宅購入、建て替え、住宅会社の検討、そして中断……。

相談内容がローンのことだけではなく、家づくり全般に及んでいるようだった。

「奥様、少し時間ありますか？」

「ええ、大丈夫です」

松中は電話を手にした。履歴をたぐり、画面をタッチした。

「大野さん、ちょっとショップに来れます？」

二十分ほどで来れそうだという大野の言葉に安心した。二人で話を聞いた方が良さそうだと思った。


紅茶に砂糖とミルクを入れ、口に含んだ。

この千野というお客様は、以前お手伝いをした方の紹介でいらしたらしい。その方もこんがらがってしまった計画を、松中と大野の二人で紐解いていったのだった。もう三年になる。

あの頃はようやくセミナーにも人が集まるようになった頃だった。

そんなやり方でうまくいくのか、そう言われ続けた。それでも思っていた。

出来ない理由を並べるのは簡単だ。

特に初めてやることにそれを挙げ連ねるのは容易なことだろう。しかしすべてのことは、初めにやった誰かがいる。

『世の人は我を何とも言わば言え我が為すことは我のみぞ知る』

松中が大好きな坂本龍馬の言葉だった。

開拓者は普通の人たちからは理解されないものだ。そしてまだ誰も通ったことのない道ほど、険しく、そして障害物も多いものだ。

折れそうになる心に自らそう言い聞かせながらも、松中は道なき道を突き進んでいた。

同じ想いを持った大野と共に、目の前の小利を捨て、出会ったお客様の満足を求めていった。

それが月日を経て、今こうしてお客様がご自身で広げてくださっている。歩んできた道が間違いではなかったと、今は誇りと共に歩んでいた。

「お待たせしました」

大野が到着した。

細かく話を聞きながら、住宅検討について一つずつ理解を深めて頂き、落とし穴や気を付ける点なども伝えていった。

どう進めていいのか分からなくなってしまい、不安と不満で強張っていた顔が、次第に和らいでいった。

松中と大野のチームは、土地や中古物件の仲介、住宅検討アドバイス、プラン作成や詳細設計のセカンドオピニオンサービス、住宅ローンのあっせん業務や火災保険等の家づくりに関わる保険のアドバイスなど、実際に建築する以外ほぼすべてのサポートが出来る。

特定の商品を持たないからこそ、偏らずにメリットデメリットを提案することが出来、お客様の立場からいろいろな選択肢を提案し、まさにお客様のすぐ隣でサポートすることが出来た。

行き詰ってしまったのなら、そこから展開を考えるよりも、初心に立ち戻ってゼロから検討をスタートした方が絶対うまくいく。そう自信を持って伝える大野の言葉に、奥様は大きく頷いていた。

料金システムなどを説明した後、主人に話をすると言って帰っていかれた。

明日もう一度訪ねてくると言っていたが、帰りの表情から見ると任せて頂ける、そう確信していた。

「最初から手伝えていたら、あんなに苦しむこともなかったんだろうね」

「まったくですよ。何とか救って差し上げたいですね」

飲みかけのコーヒーを飲み干し、大野も頷いた。


松中健太が銀行を辞めたのは八年前だった。

銀行員時代から、組織のしがらみが提案を制約してしまうことにジレンマを感じていた。銀行の枠を超えて、もっとお客様の横でサポートする役目を持った人がいなければ、お客様は幸せな家づくりが出来ない。

住宅ローンや諸費用のことなどを、住宅会社任せにしたり、家を建てたこともない銀行営業に任せるのは、どこかに限界がある。

「人生最大の買い物はマイホームじゃないぞ、住宅ローンだ。そういう責任を持って俺たちはお客様と向き合わなければダメなんだ」

松中の下で働く部下たちはいつも厳しく指導された。しかしいつしかその篤い想いに感化され、松中の課は高い成績を維持していた。

会社の枠を超えてお客様の役に立ちたい。

一度点いた火は心の中でずっとくすぶっていた。その度に浮かぶ家族の顔。

このまま銀行で勤めていれば、将来を不安が覆うこともない。そうだ。家族がいるんだ。そうなんだ……。

でも……。

松中の妻の信江はそんな健太の気持ちに気付いていていた。

信江も銀行員だった。そして松中の気持ちを慮り、先に辞めてしまった。

「私は何があってもあなたについていきますから、あなたは想いを貫いてください」

その言葉ですべてが吹っ切れた。

「決して成功なんて出来ないぞ」

上司にかけられた手向けの言葉は、松中の前途を祝うものでは決してなかった。しかしその言葉があったからこそ、振り返らずに進めたんだと、今なら思える。

決して楽な道ではなかった。険しく曲がりくねった道だった。

それでも家族の支えがあり、仲間との信頼があり、そして確かな想いがある。それだけあれば、歩み続けるのに十分だった。

翌日、千野様が来店した。

昨日とはまったく違う表情に松中は安心した。大野に電話を入れ、早速打ち合わせの日時を決定した。笑顔で迎えるマイホームを確信した。


細川は近頃の遠藤の挙動に違和感を感じていた。

それは悪いものでは決してなく、本来ならば良い印象なのだろう。

しかしかつて軽蔑すらしそうになっていた男の変わりように、心の整理がついていっていなかった。

そしてそれは違和感ではなくなった。


七月の終わり、今まで細川が抱いていた遠藤への印象が、大きく変わることになる。

展示場の事務所の中でチーム四人と支店長の村松が向かい合っている。青木の担当している折衝客のことだった。

「月内でクローズかけるんだろう?」

「そのつもりだったんですが……」

青木の表情が曇る。

細川には分かっていた。

「このお客様は、建て替えの計画から住み替えの計画に変わってしまった。土地を新しく用立てしないといけないのだから、あと二日では決まらないだろう」

それは青木自身が言っていることでもあった。

「遠藤、お前はどうしようと思っているんだ、ん?」

村松は腰かけた椅子の前にもう一脚の椅子を置き、そこに足を投げ出しながら聞いた。

遠藤の脳裏に大野から言われた言葉がいくつも蘇ってきていた。

「土地が決まるのが優先です。クロージングはそれからだと思っています」

村松の眉間が険しくなった。

「そんなことは分かってるんだ。その上でどう月内の契約につなげるのか、それを聞いてるんだよ。

最悪土地がなくても契約してもらうようにクローズするんだろう、ん?」

遠藤のこめかみの辺りが一瞬ぴくっと動いた。それに気付いたのは細川だけだった。

下を向いて一秒ほど目を閉じ、ゆっくり開けて言った。

「土地が決まるのが先です」

強い意志を感じる言葉だった。

村松の目に怒りが宿った。

「そういうところだよ。その甘さがお前の駄目なところなんだ。支店長命令だ。土地が決まろうが決まるまいがクローズをかけて、月内で白黒はっきりつけてこい。決まりきらないようだったら切ってこい。いいな」

反論や意見を挟む暇もなく、村松は事務所を出た。

放りだされた椅子二脚が事務所の真ん中に残った。遠藤は小さなため息をついた。

「遠藤さん、すみません」

「いや、いいんだ。お前はお客様の為に一生懸命尽くせ。もちろん早く土地が決まって家が建つのはお客様も嬉しいだろうが、順序というものがある。支店長のプレッシャーは俺が止めておくから、気にせずに精一杯尽くしてこい」

遠藤が変わった。

細川はそれを確信した。

椅子を引いたりするようになった頃から違和感を感じていたが、間違いない。何があったんだ?

八月の頭にやることになっている合宿。

初めは嫌という気持ちしかなかった細川も、遠藤への印象が変わっていく中で、どんなことが起こるのか、それを楽しみに感じるようになっていった。


小高い丘から見下ろす景色を遠藤は静かに眺めていた。

遠く望む山の中腹には、タージマハルの頂きにあるような、雫のような形をした白い物体が存在感を示している。

「いい景色ですね」

細川と青木、そして梅澤は遠藤の隣に並んだ。

合宿を提案した梅澤は、「言い出しっぺの僕が行かないわけにはいきませんね」と、もうすぐ大豪ホームを離れるのにも関わらず、これからのチームの為にと参加していた。

二日目の朝を迎えた四人は、山の奥から顔を出した朝日をただ無言で眺めていた。今日も暑くなりそうだ。

「散歩、しませんか?」

七時を回った時、梅澤がみんなに提案した。眼下の景色は麓を流れる川につながる散歩コースになっている。

舗装されている道から自然道に入ると、途端に小石に足を取られてしまう。

徒歩、自転車、車、電車、新幹線と、移動手段はどんどん便利になった。しかしその速度が速くなればなるほど、通れる道は限定されていってしまう。本来無数にあったはずの道も、いつの間にか少なくなってしまった。

太く真っ直ぐな道だけが道じゃない。

大きな流れの中でしか進むことをしなくなり、見えていたものが見えなくなってしまっていたのかもしれない。

言葉も発せずに進む四人の心には、それぞれにこの小道が示すものが映っていた。

靴の下で石と石とが擦れあう音を聞きながら、細川は昨日のことを思い返していた。

それと同時に、かつて上司であった渡辺や、多幸八のマスターであるヤッさんから言われた言葉が蘇ってきていた。

『誰にだって苦しみの一つや二つはある』

『人は何かに辿りついた時に必ず後ろを振り返る。自分自身の足跡を見るために。

そして誰と歩んでいたとしても、そこにどんな想いがあったとしても、そこで目を凝らして見る足跡というのは自分自身の力で歩んだものだけなんだ』

遠藤のことを自分勝手に評価し、自ら歩むことに怠慢になっていた自分自身の姿を恥じた。

何も分かっていなかった。

悔やんでも取り返すことの出来ない過去を、今はただ眺めることしか出来なかった。


「まず、私から話があるんだ」

昨日。合宿のスタートでの遠藤の言葉に、細川は目を丸くした。あの遠藤の言葉とは思えなかったのだ。

「今、チームはみんなも知っての通りの成績だ。しかしこれは、私自身に責任があったのだと気付いた。いつしか忘れてしまっていた想いがあることに気付いたんだ。

それにも関わらず、私はずっと自分自身のことを棚に上げ、お前たちのせいにして、いつも文句ばかりを言っていた。

すまない。申し訳なかった」

そう言って遠藤は深々と頭を下げた。

突然のことに三人共が固まってしまった。

静かに頭を上げる男の目には、かつての威圧感はなかった。誠実。そう言い切れるだけの澄んだ目をしていた。

「遠藤さん、そんな……」

言いかけた青木を制した。大丈夫だ。目が語っていた。細川は遠藤から目が離せなくなっていた。本気。それを感じた。

「私はいつからか、上を、上司や会社を見て、メンバーやお客様のことが見えなくなってしまっていた。それにまったく気付かずにいたんだ。

数字がすべてだった。それしか頭の中になかったんだ。

情けない話だ。若い時に持っていた家づくりへの情熱を完全に忘れていたんだろうな。

家づくりに携わるのが楽しい、かつて持っていたはずの想いもいつしか無くなっていた。

成績や給料や昇進のため。全部自分のためだった」

さっきまで外で鳴き続けていたはずのセミの声が止んだように感じていた。

「何かがおかしい。そう感じていた時に、かつて私に道を示してくれていた人に会った。

五年振りだった。

そして周りではなく、私自身が変わってしまっていたことに気付いた。周りは五年進んでいたのに、私は五年前よりも更に戻っていってしまっていたんだ。

支店長にはこの半年次第で降格だと言われている。それを気に病んでもいた。なぜ私が、そればかり考えている時もあった。

でも、今となってはどうでもいいことだと感じている。

それよりもこの四ヶ月、というよりこの五年間、お客様とそしてお前たちメンバーに申し訳ないことをしてきた、それをそのままにしておくのが、一番恥ずかしいことだと感じるようになった。

今さら綺麗ごとを言うなと蔑まされるのは十分承知しているが、それでも私はこの二ヶ月、失った五年を取り戻すために、その綺麗ごとをあえて貫きたい、そう思っているんだ。梅澤に聞いたんだ。私に、そしてこのチームに何が足りないのかと。そしてこの合宿を提案された。

今さらになって可笑しく感じるかもしれない。迷惑かもしれない。

でも教えてほしいんだ。今、私たちに何が必要か、そして何が出来るかを」

細川は自分の耳で聞いていないような感覚に陥っていた。ただ黙って、目の前で起こっていることを見つめていた。

「僕が合宿を提案したのは、チームの向いている先を同じ方向にするためです。一体感。そういうものが足りていないと感じました」

梅澤の言葉に遠藤は頷いた。

「梅澤に言われてハッとしたんだ。年長の人間がチーム員と関わる時、年次が上がれば上がるほど、過去を向いて考える。年次を重ねただけの経験があるからだ。しかし若い営業、特に細川のように今からの営業は未来しか見ていない。見れる過去がないからだ。知らず知らずのうちにずれてしまっていた目線を修正出来るのは、若い営業ではない、年長の人間だ。梅澤のポジションだからこそ分かったことなんだろう。確かにそうだと感じた。だから、私自身の目線を修正していくために、みんなの声を聴かせてほしいんだ」

そう言った遠藤はもう一度頭を下げた。

梅澤が青木と細川の顔を見る。

遠藤の姿を瞬きもせずに見つめる細川と、顔を上げずに手を膝の上に置いたまま下を向いている青木。

静かな間がしばらく続いた。

握っていたこぶしをぱっと開き、ひざを叩くと、青木は顔を上げた。目には輝きがあった。

「遠藤さん、もちろんです。僕たちは同じチームなんだ。一緒に進みましょう。開き直って、一丁やりましょう！」

青木の声に背中を押されるように、細川も遠藤を見つめたまま、深く頷いた。口は堅く閉じたまま。

気付くと外のセミは再び騒々しさを取り戻していた。


今日一日、本音の話をしよう。

それにはそれぞれの背景もちゃんと理解しておく必要がある。そう言って、遠藤はまず自分の生い立ちから今までのことを話し出した。

特に恥ずかしい想い出、失敗したこと、悔しかったこと、なども遠慮なく吐露した。今まで遠藤の口から出るとは思えなかった話ばかりだ。

加速してしまった遠藤は、入社三年目に同じ会社の先輩に恋をしたことも、隠すことなく話し続けた。周りにその気にさせられて告白したが見事に玉砕した話は、特に青木が盛り上がった。

クールでダークなイメージがあった遠藤が、こんなに茶目っ気のある雰囲気になったのは、いったい何年ぶりのことだろうか。

「ははっ。何か全部話すとすっきりするな。お前ら軽蔑するんじゃないぞ」

少年のように無邪気に笑った。ゆうに二時間は経過していた。昼を過ぎていたが、細川と青木は、次は自分だと身を乗り出していた。

「僕なんかもっと面白い話持ってますよ」

「青木、面白い話じゃなくて、背景が分かって理解出来るようにだな……」

「ずるいですよ遠藤さん、自分は笑わせようと思ってたくせに」

「バカ、まじめな話をしていたんだ！」

時の経つのも忘れて、高校の同窓会かのように自分たちの過去について出し合った。

それは夕食の用意が出来たからと仲居さんが呼びに来るまで、延々と続いていた。

食事を終え、風呂を済ませた後、四人はさらに続けた。

今度はお互いをどう感じていたか、どんな良さを感じているか、どういう姿であってほしいか、無記名で手紙を書き、それぞれに渡した。目を通す。

「青木、字が間違ってるって」

「梅澤さん、何で活字なのに僕って分かっちゃうんですか？」

「あぁ、これやっぱり青木か」

「ちょっと遠藤さん……。分かっちゃってるんですか。参ったな……」

それぞれが心の中で書かれた相手を推測しながらも、素直に受け止めようという梅澤の説明をもとに、黙って読んでいた。

今までと打って変わっての静寂の中、遠藤ももらった三通の手紙を一語ずつ噛みしめるように読んでいった。

「正直なところ、だらしなくて自分のことしか考えていないような、強引で理不尽な人だと思っていました。それはずっとそうでした。

でも、そんな中にも苦しみや葛藤があり、もがいてきた過去があった。それを今日だけでなく、ここ最近感じていたんです。必死に変わろうと（戻ろうと、の方が正しいのかもしれませんが）されている遠藤さんを見て、素直に取り組んでらっしゃる姿はすごいと思っています。

営業として、そして人として、僕たちの前を歩み続けて頂きたいです。その背中を追いかけます」

遠藤の胸に込み上げるものがあった。

『変わろうと懸命にもがいている姿を見て、あいつは変わったって思うったい』

そう、多幸八のマスターも言っていたな。

まだまったく変わりきれていない自分自身に対してこう思ってくれているのか。嬉しくもあり、そして恥ずかしくもあった。


別々のところに立っていた。

違う方向を見ていた。

そして心も離れていた。

団体競技であったのなら、これは味方と言えたのだろうか。

もしかしたら、味方という名の敵同士だったのかもしれない。

これでお互い本来の力が出せているはずがなかった。


二十一時を回ると梅澤の提案で酒も入りだした。

遠藤は尋ねた。

「細川は立った時に椅子を引いているだろう。あれは昔からなのか？」

「いえ、ホームサービス課の時に、課長の渡辺さんから指導されました」

「やっぱり渡辺さんか」

遠藤は深く頷いた。

「やっぱりって、どういうことですか？」

「いや、実はさっき言った方、私に以前道を示していてくれていた人っていうのが、大豪ホーム時代に教えられていたのも、渡辺さんだったそうなんだ」

「え、そうなんですか」

「縁っていうのは本当に奇妙なもんだな。その渡辺さんに指導されてきたお前が、道を見失っていた私の下に来るんだもんな。

細川には迷惑な話だったのかもしれないが、私にとっては啓示をもらったような感覚だ」

「そんな……」

遠藤が身をのりだした。

「教えてくれ、お前たちは何に気を巡らせているんだ。どんなことが当たり前になっているんだ。

私に出来ていない当たり前を、良かったら教えてくれないか」

遠藤の真摯な姿勢に、細川だけでなく、青木も梅澤もただ感動していた。

そして自分自身はここまで素直になれているんだろうか、そう自らに問いかけていた。

「僕は……、このチームから離れてしまうんですね」

梅澤が肩を落としていた。その肩は小刻みに揺れていた。

「一緒に歩みたい、そう思えることなんて今までありませんでした。でも、もうすぐ辞める今になって……。

こんな仲間と一緒にいれたということに、僕は気付くことが出来なかった……」

「梅澤、それは私の責任だ。すまない、もっと早くに私が……」

「いや、遠藤さんだけのせいではありません。僕だって現状に文句ばかり言って、何も変えようとしてこなかった。終わりがあることなんて考えようとしていなかった」

「僕もです。青木さん……」

誰も顔を上げることが出来なかった。

周りの星達を見えなくするくらいに輝く真ん丸な月が、南の空を過ぎ西に向かいだしても、この部屋の明かりが消えることはなかった。

「遠藤さん、綺麗ごとを貫くって、いったいどういうことなんですか？」

二日目。朝食を済ませた四人は、残り二ヶ月のスローガンを話し合っていた。

遠藤の提案した言葉に三人は反応した。

ゆっくり口を開いた。

「大野さん、それが私を導いてくれていた人の名前だ。

入社してから、そう、新人時代から、私はたくさんのことを教えられた。早くに成果を求めるのではなく、営業としての基本的な力を見につけるために、まず『心』を教えられたんだ。

後に大野さんには、働き方の前に生き方があるんだと教えられた。どう生きるか、それ無しに働き方を良くすることなんて出来っこないってね。

そうやって教えられたことの一つが『綺麗ごとを貫け』ということだったんだ」

遠藤は大野に教わったことを伝えていった。

三人、特に細川は、そのすべてに共感できた。

「世間では、綺麗ごとだけでは生きていけないって言うだろう。

確かにそういう場合もあるのかもしれない。

でもそれは声を大にして言うことじゃないんだ。ましてや大人が子供の前で言うべきじゃない、大野さんはいつもそう言っていたよ。

それを聞いた子供の世代はどうなる？

ずる賢さが正当化され、正しく生きることを放棄し、そして次第に身勝手になっていくんじゃないかってね。

綺麗ごとは貫いて、その上で必要な知恵は自らの経験の中でそれぞれが学んでいけばいいんだ。

絶対に通用しない、そんなことが当たり前にまかり通るような世の中を大人が作ってはいけない。そんな社会にしてはいけない。

大野さんに教わり、そして私自身が忘れてしまったこのことを、もう一度刻み込みたい。保身のために、自分たちの利益の為に、目の前の対人関係やお客様をないがしろにしたくない。

私がリーダーでいられる残りの二ヶ月くらい、それを貫きたいんだ」

言葉に強い意志が宿っていた。

かつての遠藤は、もうここにはいなかった。

自らの誇りにかけて、手の届くメンバーやお客様を守りたい。それをやり通すという覚悟がその目に宿っていた。

「いいですね。今の理不尽を壊していきましょうよ」

青木が声高に言った。

それを聞いた遠藤が静かに言った。

「壊す。その意識では不十分なんだ。

分かっているかもしれないが、これも教わったことで忘れていたことだ。大事なことだから聞いてほしい。私はこう教え込まれたんだ。

『現状を壊すのは簡単なんだ。否定するだけでいいからね。大切なのは、壊すことではなくて、突き破ることだ。

壊すと突き破る、ここには大きな違いがある。それは一歩踏み出すという違いだ。

壊すことは立ち止まっていても出来るが、突き破るためには立ち止まっていては出来ない。踏み出さなければ突き破るということは出来ないんだよ。

いいかい、批評家には誰でもなれる。目指さなければならないのは、実践者だ。

綺麗ごとも、言うだけならただの戯言だ。それをやり続ける、貫くからこそ価値が生まれ、後に続く人たちに伝わるんだ。少なくとも僕はそう思っている』

いつの間にか私もただの批評家になってしまっていた。文句を言うことで何かが変わっている、そう思っていた。

しかし自分の立ち位置はまったく変わっていなかった。一歩進むんだ、貫くんだ。

私達なら出来るはずなんだ」

細川は、渡辺から以前教え込まれたことを、違う角度から聞いている感じがしていた。

ここまでの理解が出来ていたか、納得していたのか……。遠藤の言葉が新鮮に語りかけ、
自分が批評家にしかなれていないことを感じていた。

「遠藤さん、是非これで行かせて下さい」細川が口を開いた。

「僕も、一歩進みます。誰が何と言おうと、何を言われようが、貫いてみせます」

青木、そして梅澤にも異論はなかった。

遠藤は持ってきた筆ペンで、大きな手帳の裏表紙に『綺麗ごとを貫け』と書いた。三人
もそれに倣った。
ここに新しいチームが誕生した。
ついに同じ方向を向いた。
そしてすぐに最後の時はやってくるのだった。

合宿から戻ってきた次の月曜日。梅澤がこの会社で、そしてこのチームで過ごす最後の日。

会社への挨拶を済ませ、梅澤は明日実家の兵庫に戻って行く。

チームでのこじんまりとした送別会をしよう。細川が店を任された。

先に行っておいてくれ、店が決まったらメールで教えてくれ。遠藤は会社への報告を済ませるために、小一時間が必要だった。


細川の足は多幸八に向かっていた。

梅澤さんを見送るために、自分にとって特別な店に……。

細川は遠藤に店の住所をメールした。狭い急な階段を昇ったところ。分かるだろうか、それだけは心配だった。

「細川君、いらっしゃい。何人ね？」

「後からもう一人来るんで、合計四人です」

伊庭ちゃんは珍しく奥に座り、他の常連と静かに盛り上がっていた。よく見る顔ではあるが、細川はほとんど会話を交わしたことはなかった。村崎も今日は来ていないようだった。

唇が張り付いてしまうくらい冷えたジョッキをぶつけあった。本当にお疲れ様でした。心の中で、細川は何度もそう言った。

合宿が明けてからの一週間、梅澤は献身的にチームに尽くした。何とかチームの役に立とう。その想いが細川達の胸に強く刻みつけられていった。

すでに仕事上では、梅澤がチームを離れて困るということはなくなっていた。そうなるように梅澤がしてきたからだ。

しかし心は違う。

大事な歯車が無くなってしまうような不安があった。

「本当にすまない。何とか俺の分まで頼むぞ」

はい、という細川と青木の目からは、発した言葉と違う感情も見えていたが、二人は何とかそれを悟られないようにしていた。

組織というものは、去る者に対して冷たくなるものかもしれない。それは組織自体が抱えた淋しさなのだろうか。

結局は心がつながっているかどうかだ。

最後の最後になって心が一つになったというのも、チームというものが持つ奇妙さなのだろう。

梅澤はこれまでの九年間の思い出を語っていた。

楽しい思い出に溢れていた。

しかしそれは出口次第なのじゃないか。どういう離れ方をするのか、それ次第で、思い出の溢れ方も違うのかもしれない。

たくさんの感情がある中で、最後に選ぶ感情。梅澤の放つ感情が、この四人で最後に見せた輝きがあったことを教えてくれた。

いつもはよくしゃべる青木も、湿っぽく無口になっていた。

青木より梅澤の方が明るく感じるというのは、今までにあまりなかったことだ。逆転。巣立っていく人間が未来を見、残った人間が過去を見る。その違いが表情に表れているのだろうか。


その時階段を駆け上がってくる音がした。

すごいスピードだった。

「細川、何でこの店知ってるんだ?」

開いたドアの鈴が鳴った時、そこには遠藤が立っていた。肩が上下している。

細川は青木と一瞬顔を見合わせた。

もう一度遠藤の方に向けようとした視線に、ヤッさんのニッコリとした表情が引っ掛かってきた。

「遠藤さん、いらっしゃい」

「え、マスターご存じなんですか?」

「ん? 細川君も知っとうと?」

両方の顔を見たヤッさんは、合い分かったというような表情を浮かべた。

「やっぱりそうやったとね」

「え?」

「遠藤さんのところに入ってきた営業が、細川君じゃないか、そんな気がしとったんよ」

「そうか、お前たちは初めてじゃないのか」

「僕は初めてです。細川に連れてこられました」

「遠藤さんも前からいらしてたんですね……」

細川は奇妙さを感じていた。

縁。それが二人を引き寄せたんだろうか。

合宿の時に遠藤も言っていたことだった。

この同じ小さな店に通いながら、しかも休みを同じくする会社に勤めながら、今まで出くわさなかったこと。それは心が離れていたからなのかもしれない。


遠藤が加わり、四人のチームとしての最後の時を楽しんでいた。

遠藤もしきりに梅澤の前途を祝福していた。いつまでもこの時が続いてほしい、細川はそう思っていた。

有線から聞こえてくる曲に、ふと四人の会話が止まった。

遠藤がビールを置いて口を開いた。

「最近この曲よく聞くよな」

「僕もです」

「これ何て言う曲だろうな」

視線がヤッさんに集まった。

「こないだ違う人に同じ質問ばされたばい。言葉とか想いを大事にしとんしゃあ人やけん、合うとかもしれんね。

みのや雅彦『百の言葉、千の想い』調べたけん、間違いなか」

細い目が見えなくなるくらい更にその目を細くした。

そして喧騒としていた店内に、束の間の静寂が訪れ、哀愁の中に力強さを感じる言葉と想いだけがこだました。

――泣いて　この世に　生まれてきたね　記憶はないけれど　人は誰も
何も　知らずに　生き始めたね　もちろん　あなたに　出逢えることも

細川は目を上げられなかった。

懐かしくも感じるそのメロディと純粋な詞が心を打った。

小さく清純だった頃から、ずる賢くなってしまった大人になるまでの様々な記憶が、向こうからやってきては頭の奥に通り過ぎていった。

どこに置いてきてしまったのだろう。

手放してしまったはずの想いが、一つずつ蘇ってきた。


――嫌だな　あなたと笑った日々が　消えて　無くなるのは

嫌だな　考えたくもないよ　想い出が　涙になる
ねぇお願い　ひとつだけ　叶うなら　ずっと二人でいさせて下さい
ねぇお願い　どんな人生だろうと　どうか二人を引き離さないで下さい

百の言葉　千の想い　伝えきれない　もどかしさ
ただ　愛してる

バイオリンとピアノと、そして想いの旋律が鼓膜を通り越して直接心に届いているようなそんな感覚だ。

細川だけでなく青木も梅澤も、そして遠藤も、視線の先のものは見えていないようだった。

本来はラブソングであろうこの曲に、友情やチーム愛みたいなものも感じていた。

梅澤との別れ。同じ空気を吸っていた日々が思い浮かんできた。

梅澤はおしぼりを目に何度かあてていた。

誰もが同じ想いだった。ずっとこのチームでいたい。それに気付くのが遅すぎた。

細川は自らが歩んできたこの四ヶ月を眺め、そして日々を大事にしてこなかった己を責めた。

梅澤のことだけに留まらない。あと二ヶ月弱、残った三人に残された時間。この二人ともっと一緒に仕事をしたい。

細川の心に湧き出る想いが止まることはなかった。


三人になってしまったチーム。もう後ろを振り返っている時間は残されていなかった。このチームでもっと営業をしたい。その為にも今の自分に出来るすべての力を使う。細川はそう心に誓っていた。

ミーティングでは全員が意見を出し合った。この提案でいいのか、これがお客様の幸せに結びつくのか、後々不満につながる要素は隠されていないか。細川がホームサービスの時に培ったノウハウも、どんどん提案に盛り込まれた。

三人それぞれのお客様への提案内容に、思いつく限りの意見をぶつけ合った。

それは提案を良くするだけでなく、打ち合わせや接客の際の自信にもつながっていった。

「綺麗ごとを貫く」

みんなで決めたスローガンが常に心にあった。

目先の利益に走っていないか、それを確かめ合った。

家づくりの主役はお客様だ。業者側ではない。

しかし初めての家づくりに一人で歩んでいける人なんていない。だから常に横に寄り添って、足元を照らし続けなければならないんだ。

相変わらず数にしか興味がない支店長の指示を聞きながらも、遠藤の指示がブレることはなかった。


先月末に土地が決まらずに、契約にならなかった青木のお客様の土地が決まった。そして盆明けに契約となった。

礼を尽くした提案に、お客様は全幅の信頼を示した。

支店長の村松は、土地が決まらなくてもクロージングをかけ、決まらなかったら切ってこいという指示を先月末にしていた。

遠藤が機転を利かせた報告をしていた。契約になったと聞いた時の村松の微妙な表情を見て、細川は心の中で笑った。

「梅澤の分までやりきろう」

朝集まるたびに、三人は確認し合った。

お盆の期間、ゴールデンウィークに次いで来場者が多かった。

目が回りそうになるくらいの接客をしながらも、細川は目の前のお客様をしっかり見据え、精一杯の接客と提案を続けた。

特に青木の勢いがすごかった。

接客のたびにアポイントが増えていった。それでも手を抜かなかった。

今までの明るさの中に、迫力が備わった。それは責任感と言い換えてもいいのかもしれない。

その勢いは留まることを知らなかった。盆明けには一件、そして九月の頭にも一件の契約を頂いた青木は、さらに三件の打ち合わせを抱えていた。

休みなく毎日夜二時や三時まで青木の打ち合わせ準備は続いた。遠藤や細川も出来る限りを手伝った。

「体力的にしんどいなんてどうってことない。精神的にきつい時に比べたら何ともない。ましてチームで一丸になっている今は、たいしたことじゃないんだ」

自分自身に言い聞かせるように何度も言っていた。

体力的にきつい、それを物語っていた。遠藤や細川はそれが分かっていた。

それでも弱音は吐かない青木を支えていた。それと同時に、自らの契約のための動きも怠らなかった。

貫く。

その言葉の持つ意味の重さが、次第に三人の心に深く刻み込まれていった。

簡単ではない。それは当たり前だった。

歩み続けるということがどれだけ難しいことだろう。

『歩』という字は、足を意味する『止』が上下逆さまに重なって出来ている。

右足左足を順番に地に付けるという意味が、結果的に『止まるが少ない』という字に繋がっていった。

立ち止まらずに歩んでいけ。進み続けることでしか、見えてこないものがあることを三人は知った。

九月に入った。あと一ヶ月。

青木と遠藤は勢い付き、今までの遅れをどんどん取り戻していった。その中でまだ契約出来ていない細川は焦っていた。

「心配するな。お前にも必ず巡ってくる。私たちはチームだ。お前もその中で、ちゃんと役割を果たしている。焦らずに歩め」

遠藤の言葉を信じて、今自分に何が出来るかを考え、そして実行していった。


夏の名残りがそこらじゅうに残っていた。

外の水やりを丁寧にし終え、事務所に戻ったタイミングで電話が鳴った。

「はい、ありがとうございます。大豪ホームです」

「あの、細川さんはいらっしゃいますか？」

電話を受けた細川は、「はい、私です」と答えた。

「突然すみません、今日はそちらにいらっしゃいますか？」

「はい、おります」

「そうですか、良かった。十一時ごろお伺いしたいのですが、大丈夫でしょうか？」

お待ちしていますと言って電話を切った細川の頭には、名乗られた名字に聞き覚えがなかった。

いったい誰なんだろう。

訝しげに思ったが、会ってみれば分かるだろうと自分を納得させるしかなかった。


十一時を少し回った時だった。

玄関のチャイムが反応し、細川は事務所を出た。見覚えのある顔。四十代の夫婦。

「細川さん、先ほどはすみません」

その言葉は電話の相手だということを示していた。確かお盆の辺りに接客させて頂いた方だ。

少しずつ記憶の糸がつながっていった。

「二週間振り、でしょうか?」

「あぁ、覚えて下さってるんですね」

夫婦はニコッと笑った。


展示場を見て回った中で、大豪ホームを気に入った松永という夫婦は、計画をスタートさせるために話を聞かせてほしいということだった。

質問は具体的だった。

不安点を細かくまとめ、次々に聞いていった。プランの要望も優先順位まではっきりしていて、テーマがちゃんと決まっていた。

『家族の時間を刻み込む家』

それが実現可能か、不安点を払拭していこうという姿勢だった。

細川は不思議に思った。

詳しすぎる。

押さえるべきポイントをしっかり押さえているように感じた。

「もうどちらかで具体的にご検討なさっているんですか？」

思わず聞いてしまっていた。

どこかのメーカーか工務店で、という意味の質問だった。

「メーカーではないですが、プロデュースをお願いしている方がいますので」

しばらく言っている意味を理解出来ないでいた。

しかし松永夫妻の話では、大豪ホームが優先順位で一番であり、自分たちの予算で希望のものが建てられるかどうか、それをしっかり検討したいということだった。

「同時に他を検討するようなことはしません。是非いい提案をお願いします」

よくある変な不安感は持たれていない。この期待に何とか応えなければ、細川の心に想いが宿った。

敷地を調査した上で、細かいプランのヒアリングに伺いたいと、三日後の夜に約束をした。


接客が終わった遠藤に報告をしていた。

「マイホームプロデュース？　それってもしかして大野さん達じゃないのか」

細川の報告を聞けば聞くほど、遠藤の中でそれは確信に変わっていった。

遠藤は電話を手に取っていた。大野にそれを確かめようとしていた。

「ああ、僕達だよ。松永様は順番検討をされるから、他を気にせずにしっかりいい提案をするんだよ。立場上、肩入れは出来ないけど、検討準備がしっかり終わっているし、テーマも出来上がっているから、決定は早いと思うよ」

電話を切った遠藤はしばらく目を閉じていた。細川は黙ってそれを見ていた。ゆっくりと目を開ける。

「この松永様への提案は楽しみだな。お客様に評価頂くのはもとより、大野さんも納得してくれる、そんな提案が出来るんだもんな。

ある意味、競合状態より気が抜けないといった感じだな」

遠藤の目が輝いていた。成長を、変化を、大野にも見てほしい。静かに燃えていた。

敷地の調査、役所調査、松永夫妻がすでに持っていた情報もあったが、念入りに調べた。特に現地の調査には気を払った。細川は住んだ後のことに思いを馳せ、遠藤は今までの住まい心地のことに思いを馳せていた。

中古住宅を購入したのが十年前。築二十年を過ぎた頃だった。

当時は夫婦二人だった家族も今では五人になっている。中古で購入した際にリフォームした部分も、気に入らない部分が多々あった。

住み続けるつもりで購入した家も、下の娘が嫁ぐまでこのまま住み続けることは出来ないと気付いたのは二年前だった。

建て替え。それに主人がなかなか納得しなかった。それでも日に日に不満は募っていった。

もとの建築会社に相談をしてみたものの、満足できるようなリフォーム案は出て来なかった。

やっぱり建て替えるしかない。ようやく意見がまとまった。

しかしここからが大変だった。多くの制限があり、計画は容易ではなかった。

建ぺい率や容積率の制限。道路からの高低差。既存の石垣。ＲＣ造の地下車庫。ヒアリングを終えた設計の藤田も頭を悩ませていた。

どう造り込めばいいだろう。

大きな窓と開放感、個部屋よりもＬＤＫに家族が集まれるようにと広さを持たせたい。

松永夫妻の要望を出来る限り満たし、制限をもクリアしていくプラン。

遠藤や細川も一緒になって、提案の方向性を考えていた。

「この吹き抜けの提案は喜ばれますね。しかも筒状だから、暖気も逃げにくいですね」

「容積率のことを考えると、延べ床面積に入らない、この吹き抜けは是非入れたいところだね。何よりリビングの広がりが生まれる」

「ただ、窓も大きくと言われているので、構造の安定性で考えると、どちらも大きくなってくると歪みが出やすくなります。壁が欲しいところではあるんですが……」

自分ならどう住みたいか。そこをじっくりと考えていった。


「南向きの発想を変えてみてはどうでしょう?」

方向性に行き詰っている時だった。

細川の声に遠藤と藤田が顔を上げた。

「どういうことだ?」

「道路との高低差がネックにはなっていますが、逆に言うと、作り方を考えれば道路からの視線が入って来ないということですよね。

南の隣家とは高低差がほとんどないので、影や視線の影響を受けています。だったらいっそのこと、東向きに家を作って、南からは吹き抜け越しの明かりを取り込む形はどうでしょう?」

現地で撮った写真を何度も見た。

西はコンクリートの壁が立ち上がり、日照を得られそうではない。道路から撮ったものや敷地から東方面を写したものなどを注意深く観察した。

「それはいいかもしれないな」

「敷地からの見え方を確認しておきたいですね」

「藤田さん、でしたらもう一度行っておきましょう」

細川は翌朝電話をし、その日の午後、藤田と共に松永家を訪れた。

松永夫妻が来場した次の土曜日。夏はとっくに行き過ぎているはずなのに、朝から降り注ぐ日差しは夏のものと変わりがないようだった。

プランの提案。松永の自宅のダイニングに通された遠藤と細川は緊張していた。

この提案がどう伝わるか、それが不安だった。気に入って下さるはずだ。そう何度も自らに言い聞かせた。朝食の片付けを終わらせた奥様が四人分のコーヒーを淹れ、テーブルに並べた。

遠藤は静かにプレゼンに入った。

敷地の現状、今の家の不満点、周りの環境、それらを丁寧にまとめていった。今回の提案の背景を示そうとしているのだった。

ゆっくりと紡がれる言葉に、松永夫妻も頷いていた。

「これらを踏まえて、松永様の建て替えプランを提案させて頂きます」

外部空間の設計。既存の家を解体する際に、重機を搬入していく中で壊さないといけない部分や、どうアプローチを作っていくかなどを伝えていく。

図の南東部、不自然に残された樹木の絵に、夫婦の目が止まる。

「これって、あのヒメシャラですか？」

「そうです。解体の際にもこのヒメシャラだけは残せるように、今回の計画では考えてあります」

中古で購入した際、記念樹として植えた木だった。この場所に引っ越してきてからの歴史を一緒に歩んできた。

出来ることなら残したい、でも建て替える時には邪魔になるだろう。最初はそう思っていた。

敷地調査に来た時に、細川が気付いた。そしてそれを提案に盛り込みたいと言っていた。

「奥様が、この木もなくなっちゃうのかしら……、と淋しげにおっしゃられていたことを細川が聞いて、どうにかして残せないかと考えました。

そして、残すだけでなく、活かすために。今回の提案はそこを形にしています」

「細川さん……」

夫婦の嬉しそうな視線が向けられ、そして前のめりに図面を見つめた。

「こちらが内部空間のイメージです」

ほぉ、という言葉が漏れた。

立体的に書かれた3Dパース。リビングから見た大きな窓の先に、ヒメシャラがあった。

上部にある大きな吹き抜け。キッチンから見た景色には、庭で遊ぶ子供たちの姿があった。

「これは、この土地での計画なんですか？」

主人が不思議そうに尋ねた。

無理もない。今の家からは想像も出来ないプランだった。

「そうです。この土地の良さを最大限に活かすために、現在の家の間取りとは根本的に変えたプランをお作りしました。

記念樹を中心に据えたお庭を、明るいリビングから眺めたり、庭に作りこんだベンチからヒメシャラ越しにリビングの方を見たり、家族の景色と会話の見える家が今回のテーマです。

お友達と集まってなさるバーベキューも、ＬＤＫと一体になっているこの庭なら、楽しさが増しますね。ここからの夜景を楽しみながらの一杯は格別なものになります。お子様たちはリビングでテレビを見て、奥様達はダイニングでお茶を、時間が経過してもそれぞれが各々の空間にいて、それでも完全に別々ではない。空気感だけはいつも共有出来る。

そんな景色を実現するプランはこちらです」

外部空間図の中に、一階のプランが浮かび上がった。

南を大きく開けるのではなく、南いっぱいにリビングをせり出し、東向きに配されたＬ

DK。一般的な常識ではありえないプランだった。

「この敷地の高低差は、逆に外からの視線が入りにくいという良さを兼ね備えています。こちらの立面図のように、道路反対から一八〇センチの人の視線が注がれたとしても、このフェンスで室内はほぼ見えなくなります。

そのメリットを目いっぱい活かし、東側に向けてオープンにすることで、明るく開放感のあるＬＤＫが実現できます。

南側は隣家が迫っていて、今も一階部分での日照が得られにくいので、そこに吹き抜けを持ってきて上から採光を得ます。この吹き抜けは容積率に算入されませんので、厳しい規制もクリアできる形になっています」

遠藤が、生活のイメージをリアルに伝え、そしてこのプランが出来た経緯や想いを伝えていった。松永夫妻は目を輝かせながらそれを見ていた。

「この敷地には制約が多いので、いい家は建たないと思っていました」

主人が口を開いた。その言葉は、提案が受け入れられていることを物語っていた。

「やっぱり加点法なんですね」

ぼそっと言った。

「え？」

「あぁ、すみません。先日お伝えした、今回の計画をプロデュースしてくださっている方に教えられたことなんです。減点法と加点法」

「減点法と加点法？」

「家づくりをするときに不満を残さないようにするポイントの一つが、私たちの姿勢だと言われたんです」

「松永様の姿勢、ですか？」

「私たちはほとんど減点法で物事を考えてしまうそうなんですね。

完璧が一〇〇点満点で、何か欠点があるとマイナス五点、十点と減点をしていく。学校教育の中で自然と身に付いてしまっていることなんだそうです。

だから、私たちはダメなところを見つけるのがとても得意なんだそうです。

これも悪い、ここも気に入らない。どんなにいいところがあっても、そこに目を向けきれずに欠点探しをする。そういう意識で臨むのであれば、満足出来るマイホームはないと言うんです。

こんないいところがある。ここが一番気に入っている。どんなデメリットも隠れるくらいの好きな部分がある。

そういうところに加点で点数をつけていけば、一〇〇点を遥かに超えるマイホームにだってなるんだ。そう教えてくれました。当然それだけではありませんが」

細川も遠藤も深く頷いていた。

「夫婦それぞれが、お互いの嫌なところを上げたら、いくつも出てくるでしょう？　それでも一生添い遂げようとしているのは、そんなマイナス面を補っても余りあるようなプラスの部分があるからでしょう？　目を向ける先はそこですよ。そう言われて、私たちも深く納得しました。

今の提案を聞いていて、この敷地のメリットに目を向け、それを活かして一〇〇点満点を遥かに超えようとしている想いが伝わってきましたよ」

「はい、ありがとうございます」

なるほど。加点と減点、確かにそうだ。

細川の胸には、遠藤の駄目な部分ばかりに目を向けていた頃が思い起こされた。知らず知らずのうちに、特に深く沈んでしまう時ほど、そうなってしまっているのだろう。

「これは何ですか？」

奥様がリビングの角に書かれた丸いものを指した。

細川が静かにリビングとの間の柱を指さした。

「あれです。お子様のお名前と日付が書かれた柱。成長の記録、ですよね」

誕生日ごとに刻まれた成長の証。

ヒアリングの際、大きな家具などを測って回っている時に気付いた。刻まれた古い傷と新しい傷。家族が大事にしてきた時間がそこにあった。

家を建て替えるというのは、思い出まで真新しくしてしまうこともある。

でも、ただ新しく、ではなく、残せるものを残し、引き継げるものを引き継ぐ。そういう中で新しくすることだって出来るはずだ。

リビングの奥の角に、オブジェとして残す柱。大切なものを引き継いでいこうという想いがそこにあった。

「これを残せるんですか？」

「はい、解体の際に先にカットして取り出します。工事中は別の場所で保管をします。新築の際に長さが合わない部分は、上からの垂れ壁で調整して、違和感ない形で仕上げることが可能です。

ご希望が前提ではありますが、この柱、残されませんか？」

「あなた……」

奥様が主人を見た。

建て替えてすべてを新しく、それは少なからず過去との惜別でもあった。

思い出は心に残っている、しかしモノに詰まった思い出もある。それらを壊さなければならないことが、建て替えに踏み切るのを留まらせている時もあった。

「細川さん、そして遠藤さん。あなた達の想いがしっかり伝わってきました。見積り、楽しみにしていますよ」

松永は二人を見てニコッとした。


二日後の見積りの説明後、松永夫妻は一旦持ち帰って大野と打ち合わせをし、最終確認をした。

三日後に返事をする約束になっていた。

細川の電話が鳴る。夕方、展示場の事務所だった。

「松永です」

鼓動が続いた。遠藤と青木が黙って細川の様子に注目していた。

「お待たせしましたね。細川さん、お任せします。よろしく頼みますよ」

「え、よろしく?」

「はは、何言ってるんですか。契約ですよ。細川さん、あなた達にお任せします」

「本当ですか!　良かった……。ありがとうございます!」

言葉にならない想いが溢れた。

電話を丁寧に切り、ガッツポーズをした後飛び上がった。

「細川、やったな」

「おめでとう、想いが伝わったな。本当に良かった」

「ありがとうございます。やっとチームの力になれました」

「何言ってるんだよ。お前は前からチームの立派な力になってるよ」

「でも……」

その後は言葉にならなかった。

設計の藤田にも報告し、契約書作成の為の図面をお願いした。

遠藤の電話が鳴る。

「おめでとう、良かったね」

大野だった。

「有難うございます。ついさっきお返事頂けました」

「松永様から聞いたよ。素晴らしい提案だったね。松永様とは今回の家づくりに際して価値観の軸を作っていたけど、提案内容もその軸にぴったり合致していた。

担当は細川君っていったかな？　いい営業になっていきそうだね」

「はい、私自身も教わることが多いです」

「下から学べる。それは君自身の人間力だ。素晴らしい姿勢だよ。

でも松永様はここからが家づくりのスタートだ。まだまだ僕にはセカンドオピニオンとしての役目がある。おかしいところはどんどん突っ込むから、気を抜かないようにね」

「はい、もちろんです」


翌日、細川が営業になって初めての契約を頂いた。

松永夫妻のワクワクさが伝わる契約だった。いい家づくりを完遂してほしい、そのためにも、精一杯いいお手伝いをしなければ。

売買の契約ではなく、請負というものである以上、契約はゴールではなくスタートなんだ。ここからがいわば本当のお付き合いだ。それを忘れるんじゃないぞ。

遠藤の言葉に細川は想いを新たにしていた。

細川の一棟目の契約が決まった次の日、青木がこの月三棟目の調印を終えた。そしてチームの予算達成まで、あと一棟になった。

疲れはピークに達しているようだった。でも梅澤の分までやり遂げる、その気持ちが切れることはなかった。

何度も支店長から指示が来た。目先の利益を優先し、お客様の利益をないがしろにするような指示だった。

体裁は整えつつも、チーム内では『綺麗ごとを貫くんだ』そう何度も言いあい、自分がお客様の立場ならどう思うか、何が長い目で見て正しいのか、その想いがぶれることはなかった。

ついに期末もあと一週間に迫っていた。

やり残したことはないのか、何か出来ることはないのか。

もう一件。ようやくここまで来た。長かった。四ヶ月の遅れを取り戻しつつあった。でもあと一歩。ここを乗り越えないと、今まで歩んできた意味が無くなってしまう。アポイントの数は減っていた。具体的なものは青木の一組のみ。何とかしたい。その想いだけが三人にあった。

今朝から少し風が強くなっていた。風の流れが、変わったのだろうか。事務所の前にあるケヤキが大きく枝を揺らしている。

夜になるとその風は更に勢いを増してきたようだった。十九時。明日の準備を進めている時だった。

青木が商談を進めていたそのお客様から断りが入った。

残された最後のアポイントだった。もともと予算が厳しいというのは分かっていた。そのギャップを詰められないか打ち合わせを続けたが、提案と予算の折り合いが、どうしても終着点を得られなかった。

青木も必死だった。断りの電話が入ってすぐに自宅に伺っていた。

遠藤と細川は、展示場の事務所で、ただ祈るように待つしかなかった。二人ともほとんど言葉を紡ぎだせなかった。時計だけが音を刻んでいった。

二十三時。

遠藤の携帯電話が鳴った。緊張が走る。耳に当てて静かに目を閉じた。何度か「うん、そうか……」と言った後、電話を切った。

細川にはそれが、最後通達のようにも聞こえていた。

「申し訳ないです」

事務所に戻ってきた青木は肩を落とした。

遠藤は何度も声をかけていたが、青木の耳までは届いていないようだった。じっと一点を見つめ、歯を食いしばっていた。

細川は青木にかける言葉が見つからなかった。合宿以降駆け抜けてきた。そしてこの四ヶ月、一番の頑張りを見せた。ただ最後の一件が決まらなかっただけだ。それを責めることなんて誰も出来ない。

しかし細川には分かっていた。このチームで結果を残し、梅澤の分までやりきらなければ、この三人までバラバラになってしまう。

これ以上過去を無駄にしたくない。だからどうしても……。

一棟の壁が大きく立ちはだかっているようだ。

「まだ最後のチャンスがある。大丈夫だ。明日のためにも帰って休め」

遠藤が二人に声をかけた。秋分の日。明日は何かすごいことがある。ここまで来たら、そう願うしかない。

アポイントもすべてなくなってしまった今、明日の接客に賭けるしかなかった。


雨足は更に強くなっていた。

昨日の夜に進路を変えた台風が、まっすぐ北九州に向かって北上を続けていた。十一時には暴風域に入るらしい。時折、雹でも降っているのではないかと思わせるような音が外から聞こえてきていた。

アプローチやベランダに置いてある、飛んでいく可能性のあるものを、端に寄せ、または奥に持っていき、直撃する台風に備えた。どの展示場も玄関を閉めてはいない。しかし、来場者があると思えはしなかった。

天気も味方してはくれないのか。なぜ……。細川はこの状況を受け入れることが出来なかった。

あと一棟というところまできた。

合宿以来一つになったチームが、一丸となって営業を続けてきた。

目先の利益ではなく、お客様の立場から考え、綺麗ごとと思えることだって貫いていく。その信念のもとに走り続けた。

そしてそれをお客様にも評価頂き、実績にもつながりだした。

もう少しで辿り着く。手を伸ばせば届きそうなところにある。

しかしそこに見えているはずの一歩は、あまりにも遠くに見え、そして次第にかすれていくようだった。


「いよいよ面白くなってきたな」

強がり。遠藤の一言がそう思えた。

「二人とも目線を上げろ。目を落とすな」

顔を上げて遠藤を見つめた。

「そうだ、それでいい。目を伏せていては、せっかくサインをくれているチャンスがあったとしても、気付くことは出来ないぞ。だからまず前を向くんだ」

はい、二人はそう答えた。

「やれることしか出来ないんだ。だからやれることを徹底的にやればいい。でもこれは、可能性が限定されているということではない。逆だ。やれることは無数にあるんだ。私たちの工夫の数だけ、いくらでもやれることはある。出来たとか出来なかったとかいう結果は、その時が来たら自然と分かる。しかしそこに辿り着く前に考えることではない。今は、思い描いた場所にたどり着くように、想いを貫いていくだけでいいんだ」

遠藤の目には、変わらない輝きがあった。

「そして苦しい時ほど、忘れてはいかんぞ。『綺麗ごとを貫く』これが私たちの残り一週間の旗印だ。どんなことがあっても、ここだけは絶対に崩すなよ」

残り一週間。その言葉が細川の心に突き刺さり、なかなか消えはしなかった。

「ある作家がこんなことを言ったそうだ。『人間の真価は、彼が死んだ時、何を為したかではなく、何を為そうとしたかだ』立ち止まってはいけないんだ。得たものに心を留めることなく歩み続けるんだ。一歩進んだその先にしか、見えないものが必ずある。結果はその瞬間から過去になっていく。私たちは常に未来に向かって歩んでいくんだ」

遠藤の言葉が二人に歩み出す勇気を与えていた。天気すら見放したこの状況であっても、進む道はまだある。

細川と青木の目に、力が宿った。

救急車が一台猛スピードで駆け抜けた。近くの救急病院に搬送しているようだ。細川はそれを目で追った後、また歩を進めた。

ここに来ていたことに特別意味なんてなかった。それでも体が導いた。

一度断られた。しかしそれは、なかばこちらから、といったような感じでもあった。

今さらおこがましいのは分かっている。それでも心残りがあった。その罪滅ぼしくらいは、せめてしておきたかった。

台風が日本海に抜け、北陸の方に向かっているということだった。風は少しその勢いを弱めていた。結局一人の来場者もなかった。

その夕方、どうしても行っておきたいお宅があった。

「あれ、細川さん」

玄関近くまで来たとき、車から降りてきた千野様ご主人と鉢合わせた。深くお辞儀をした。

「以前は大変失礼いたしました。その後、お変わりありませんか？」

お変わり、の言葉の中に、体調という意味と、マイホームの検討という意味が混じっていた。主人はそれに気づいていた。

六月の終わりに遠藤が強引にクロージングをかけた。

深夜まで検討頂いて、結局は決めきれないということで、大豪ホームとの打ち合わせはストップした。

「あの時は細川さんにも迷惑かけましたね」

「迷惑だなんて……。それより私どもの方が……」

「あれからいろいろありました。建て替えを辞めようかとか、夫婦で何度も話し合いました。喧嘩もしながらね……。今月の頭ですよ。ようやく決まったんですよ」

笑顔だった。

「それはおめでとうございます」

「本当にごちゃごちゃになってしまいましてね。もう一度ゼロに戻ってやり直すきっかけがあって、そこで一から整理をしていけたおかげで、ようやく家づくりに向かっていくことが出来ましたよ」

そうですか。その言葉が細川の口から出て来なかった。家づくりに対して苦しい想いをさせてしまったことを、ただ申し訳なく思った。

「細川さん、あなたの気持ちも今なら分かりますよ。縁とタイミングが少しずれていたんでしょうね。でも展示場で教えて頂いたことは、しっかり活用させてもらってますよ。ありがとうございました」

「是非、いい家に仕上げてください」

願い。細川の胸に生まれたのは、悔しさよりも、申し訳なさよりも、ただ、いい家づくりになるように。その願いだけだった。

車へと戻る道。台風の強い風に吹き飛ばされたゴミがそこらじゅうに散らばっていた。それを細川は拾いだした。大きなゴミ、小さなゴミ、それらをひとつひとつ丁寧に拾っていきながら、次第にかつて自分がゴミを捨てた時のことが思い浮かんできた。

このゴミはいつか自分で捨てたゴミなのかもしれない。

それが目の前に現れているのかもしれない。

一つゴミを拾い上げると、一つ過去が許される。人はどれだけ拾えば、やってしまった過ちを取り返すことが出来るのだろうか。もしかしたらどこまで行っても取り返すことなんて出来ないのではないだろうか。

でも……。

今目の前の出来ることしか出来ないのであれば、いつか犯してしまった過ちを、取り戻すチャンスをいつも与えられている。

目の前のゴミが、細川にそう語りかけていた。


細川の胸に一つの想いが浮かんだ。

そしてそれを事務所に戻ってくるなり提案した。

「合宿より前にご縁があって、そして駄目だったお客様に、お詫びをして回りませんか？」

細川の言葉に、遠藤が反応した。

「どういうことだ？」

「あの日以来、僕たちは『綺麗ごとを貫け』、その旗印をもとに営業活動をしてきました。でも、それより前は、会社側の都合でクロージングをかけたりして、そういう接し方を出来ていないお客様もいらっしゃったはずなんです。せめて、何か失礼があったお客様に、お詫びだけでもしていきませんか？」

九月が終わるまで、あと一週間。

四日後には最後の土日もある。

細川は、未来への期待の前に、過去の罪を洗い流そうと言った。未来に綺麗でありたいなら、出来る限り過去をも綺麗に変えていこう。

その想いに、青木もうなずいた。

「そうだな。なぜ今までやってなかったんだろう。私たちに、一番最初に必要なことだったんだろう。

青木、細川、明日と明後日はその時間にあてよう。そして最後の土日を迎えよう」

「はい！」

三人は早速地図と手紙の準備を始めた。

過ぎ去った台風が厚い雲も一緒に連れていき、残った薄い雲が、月をぼんやりと映しだしていた。


九月最後の土曜日を、三人は清々しい気持ちで迎えていた。

過去のすべてを洗い流せたわけではないだろうが、それでも少しは綺麗になったのではないか、そんな気がしていた。

スーツを着ていては、汗ばむような天気だった。腕をまくって水やりを終えた細川は、滴り落ちる汗を拭った。

事務所に入ると肌が冷やされた。襟元を広げて、冷たい風を入れた。

遠藤も汗を額に浮かべながら事務所に戻ってきた。雑巾をきれいに洗った。

「ご苦労さん、外は暑かっただろう。いつもすまんな」

「いいえ、まだ若いんで大丈夫です」

年寄扱いされたようで、遠藤は一瞬表情が固まった。その瞬間青木も細川と同じセリフを放った。


午前中、事務所内は遠藤と細川の二人だった。

青木は、先週契約頂いたお客様と、二階で打ち合わせだった。

いらした時の笑顔が細川の心を打った。

何て幸せそうな笑顔なんだろう。今から家づくりを本格的にスタートする時というのは、誰もがこんな顔をしているんだな。

かつてホームサービス課で、お客様の様々な表情を見てきた細川は、すべての方がこの笑顔のまま入居を迎えてほしい、そう思った。


昼食を軽く済ませた細川は、歯磨きをしていた。

来場を告げるチャイムが鳴った。口を拭いてすぐに玄関ホールに出た。

そして細川の口は開いたまま固まってしまった。

あの日の笑顔で、伊藤様がそこに立っていた。

「久しぶりですね。細川さんが出て来なかったら、何か理由をつけて帰ろうかとも思っていたけど……。これも縁なのかな」

主人がニコッとした。


木曜日、二日前だった。

近くの公園でブランコに揺られていた。あの時、申し訳なく思った感情をもう一度思い出すように、細川はしばらくブランコに乗っていた。

共働きでいつも帰りが遅いと言っていた伊藤様はやはり留守だった。

一語ずつ絞り出すように、手紙に想いを紡いでいった。

そこには別にもう一度来てほしいとか、そういう勧誘的な文言はなかった。ただかつての失礼を詫びよう。その想いだけで、細川は手紙を書いていった。ポストにその手紙を入れる時、「良い家づくりをなさって下さいね」そうつぶやいた。

伊藤様は「ちょっといいですか?」と言うと、ダイニングテーブルに座った。細川もディスプレイで置かれているグラスや皿を片付け、反対側に座った。

「以前は本当にすみませんでした」

頭を下げる細川に、笑顔で首を振った。

「いいんですよ。もう、終わったことです。それより私たちもちゃんとお話もせずに、失礼しました」

ハイハイをしながら進もうとしている赤ちゃん。あの時は抱かれていることしか出来なかった。時は間違いなくその歩みを進めていた。

「実は……」

主人がゆっくりと話し出した。

一年前に思い立った計画。それは妊娠が分かった時だった。

いずれ手狭になるだろうから、そう思って見に行った展示場。

その後の電話と訪問を断りきれなかった奥様が、体調を崩してしまった。安定期に入る前だった。

主人がその後の対応をし、すべてを断っていった。こちらの都合を考えてくれない。そんな想いが次第に固まっていった。

長女が生まれた時に、この子の為に家が欲しい、そう思った。しかしあの時の感情がそれにブレーキをかけていた。

勇気を振り絞って入った展示場で、細川に会った。

今まで思っていた営業というものに、違う種類の人種があるかのように思った。

この人となら、楽しくマイホームの計画を進められるかもしれない。そんな想いが宿った。

しかし一緒にやってきた上司が聞いてきたことは、客になりえるのか、そういう問いだった。

やはり無理なのか。そのまま蓋をすることしか出来なかった。

「家づくりというものを、もう一度客観的に見つめなおす機会がありました。

そして土地選びと家選びの準備をしっかりやったんです。情報収集を始める前にやらなければならないことが、実はたくさんあったんですね。私たちの軸も、ちゃんと作りました。その上で、もう一度スタートすることが出来たんです」

嬉々と語る主人の話に、細川はただ耳を傾けた。そして次第に気持ちまで同調していくようだった。

大豪ホームに対しての質問も用意されていた。確認しておきたいことがメモに書き留めてあり、細川はそれらにひとつひとつ丁寧に答えた。

納得したというように何度かうなずいた後、夫婦で視線を交わした。何かを確認するようだった。主人が口を開いた。

「土地選びをスタートして、候補地が絞れた時に、細川さんの手紙を見ました。何となく、縁というものを感じてしまいました。

実は改めて家に対して求めるものを考えていくと、大豪ホームと細川さんが浮かんできたんです。でもきっかけがなかったんです。

大まかな資金計画は出来ていますし、ラフプランも出来ています。この土地で、具体的な提案をして頂けますか?」

資料を手渡された。もう一度声をかけて頂ける。それだけで嬉しかった。

予約の期限は明日までだという。契約予定を三十日に控えていた。

土地の契約はほぼ決めていたが、その前に出来る限りの不安事項は払拭しておきたい。

伊藤様は具体的な資料をいくつも持っていた。

現地を夕方確認した上で、翌日に見積りを用意する約束になった。遠藤も青木も、フル稼働で細川の準備を手伝った。

「現地を昼と夜に確認しておこう。周りの環境で気になることは見逃すな」

土曜の間にはその準備はついに終わらず、日曜に日付が変わるまで続いた。


二十九日、日曜日。

少し充血した目と、内から沸き起こる笑顔を携え、細川は伊藤様との打ち合わせをしていた。遠藤は出て来なかった。以前のやり取りを考えると、出ない方がいいだろうという、遠藤の判断だった。

伊藤様は細川と設計藤田の説明を、染みこませるように聞いていた。選んだ土地が、自分たちにとっていい選択だったことも、提案の中で感じていた。

見積りの説明を行った時、少し表情が曇ったことを、細川は見ていた。

「何か、気になることがあるのではないですか?」

いえ、そう言っただけで、伊藤様は笑顔だった。

夕方にもう一度来ると言って、一旦帰られた。

後から聞くことになるが、支店長は見積りを出してそのまま帰らすなと言っていたそうだ。返事をその場でもらえないのであれば、見積りすら見せてはいけない。そういう指示だった。

遠藤がすべてを受けた。その上でチームの旗印に合致するものだけを細川に伝えていた。それ以外はすべて自らの腹で請け負った。

綺麗ごとだと言えることを、遠藤が率先して貫いていた。

夕方に来たのは主人だけだった。

表情からは、何かを感じ取ることは出来なかった。打ち合わせが終わった青木も同席していた。

「確認したいことがあるんです」

そう言って、ひとつひとつ見積りやスケジュールに関して聞いていった。聞かれたことと、それへの答えを、細川は複写のメモに丁寧に書いていった。

すべての質問が終わった後、伊藤様は電話をしてくると言って展示場の外に出た。

細川は目の前で行われていることを、部屋の天井辺りから遠巻きに見ているような、そんな気持ちだった。ほとんど寝ていないからだろうか。昨日からの出来事が、夢か現か分からなくなっているようだった。

主人が戻ってきた。すみません、お待たせしましたと頭を下げた。

「細川さん、お任せします」

「はぁ……。……えっ？」

「明日の昼に土地の契約があるので、夕方とかでも大丈夫ですか？」

急転直下。細川の頭がついていってなかった。ありがとうございますと言った青木が、手続きについての確認をしていた。

何が起こっているのか、整理するまでにしばらく時間が必要だった。

「実はローンの事前審査で承認をもらっているのですが、それに自己資金を足した予算よりも、今回の総費用が少し高かったので、削るか、予算を上げるか、その調整方法を検討していたんです。

ローンのお手伝いをしてもらっている方々とも話をしてきて、何とか調整出来そうでした」

右腕、という言い方をした。

土地の情報を収集する時には、契約の準備まで出来ている必要がある。そうやって一から準備を手伝ってもらっていた伊藤様の決断は早かった。

「土地を取得して家を建てる計画は、準備とスピードが重要だと教えてもらっています。今回のこの土地だって、すぐに次の予約が入っていましたし……。不安事項がほとんど消えた状態で検討に入ったので、時間は短くても、深い検討が出来ました」

着工は半年ほど先になるが、その分じっくりと打ち合わせを進めたい。伊藤様の言葉ひとつひとつに強い期待が込められていた。

一番幸せな家づくりを実現して頂こう。細川は、そう強く思った。


事務所内のモニターで様子を見ていた遠藤は、満面の笑顔で迎えた。

「やったー！」

「細川、おめでとう！」

伊藤様が帰られた後、事務所内で男同士抱き合った。まさに奇跡が起きたとしか思えなかった。

高かった最後の壁を、わずか二日で登りきった。二人の肩を叩く遠藤の目には、光るものがあった。

「遠藤さん、ありがとうございました」

「私は逆に足を引っ張ってしまっていた。お前の誠意が伝わっただけだ。

こうやって任せて頂けるごとに責任は大きくなっていく。その度に今回と同じように誠意を尽くしていくんだぞ。それにしてもよくやった。おめでとう」

その後、細川に松中健太から電話が入った。名前を聞いた遠藤は、深くうなずいた。


細川は伊藤様の契約書を抱えて展示場の事務所に戻ってきた。

ようやくこの時を迎えた。この契約書を引き継げば、今期の仕事は終わる。何とかやり抜いたこの二ヶ月を振り返ると、万感の思いが込み上げてくる。

これでまたこのチームで仕事が出来る。

それは細川の中では確信にさえなっていた。

「よく頑張ったな」

遠藤が優しく迎えた。青木の顔にも笑みがあった。二人のおかげだ。このチームで取り組んできたからこそ、お客様に評価され、目標の達成に辿り着いた。

トイレに行った後、事務所に入る前にふと空を見上げた。

傾きだした太陽がオレンジ色に染まり、雲の隙間から光の筋を落としていた。

一時間前に打ち水をしたアプローチの石はすでに乾いている。

細川の胸には、ホームサービス課で迎えた期末最終日とはまた違った感情が宿っていた。


十八時。

事務所の時計がそこを過ぎるのを確認して、遠藤が立ちあがった。

「二人ともよく頑張ったな。お前たちと共にやってこれたのを本当に誇りに思うよ」

違和感。遠藤の口調に感じた。青木もそうだった。

何も言わずに遠藤を見上げていた。

「異動になった。今まで本当にありがとう」

「え?」

時が、止まった。

「一週間前に内示があった。十八時に支店でも発表されたはずだ。支店の皆さんへの挨拶もあるから、先に戻るよ」

なぜ? どこに?

想いは言葉に乗って口から出てはいかなかった。

突然のことに頭と感情がついていけていない。込み上げるものから立ち去るように、遠藤は席を立った。

細川と青木は、焦点の合わない見開いた目で、遠藤の背中をただ見つめていた。


沈黙をかき消すように電子音が鳴り響き、すぐに機械音に変わった。

A3で一枚。新しい体制が表になって送られてきた。

細川と青木は舐めるように遠藤の名前を探した。しかし北九州支店のメンバーの中には、あってほしいと願う名前は、なかった。

支店に戻り、貼られた辞令に目をやった。

「T支店　営業」そう書かれた後に、遠藤の名前があった。

Ｔ市。大豪ホームのエリアの中で、一番外れにある支店。そして降格。誰の目で見ても、左遷だった。

確かに初めの四ヶ月は成績が良くなかった。でも……。細川はその辞令の前から動けなかった。

「そういうことだ」

肩に手が置かれた。振り返る。遠藤。言葉を出そうと思った矢先、先に涙が出そうになった。唇をキッと締め、何とか耐えた。

「しばらく会えなくなるな。でも大丈夫だ」

大丈夫。何がそう言わせるのか、細川には分からなかった。それでも笑顔の遠藤に、何とか笑顔で応えようとした。


支店での形式的な送別会が終わった。つい二時間前に知った、この気持ちに送別なんて想いを乗せることは、到底出来なかった。支店長が贈る言葉として放った薄っぺらい言葉に、細川は怒りすら覚えた。

遠藤は笑顔だった。しかしそれが心からの笑顔だとは、細川にはどうしても思うことが出来なかった。

会が終わった後、遠藤は細川と青木を多幸八に誘った。

提灯を横目に急な階段を昇る。

「遠藤さん、お帰り。あぁ二人も一緒ね。いらっしゃい」

いつもの笑顔がそこにあった。遠藤は奥の村崎の隣に座った。伊庭ちゃんが表情を曇らせた。細川と青木はその隣に座った。

「珍しいな、どうしたんだ?」

村崎も少し驚いた表情をしていた。ヤッさんが冷えたおしぼりを出した。生ビールを三つ。静かに言った。

「マスター、転勤になりました。しばらくお別れです。最後に飲みに来ました」

遠藤はそう言って村崎に目配せをした。

「そういう訳だ。次にいつ来れるか分からん。今日は一緒にやろう」

「そうか、分かった」

村崎のいつもの笑顔に、少しの影が落ちた。

ヤッさんも、そして伊庭ちゃんも、遠藤の言葉に表情を変えた。

「いつ、行くんだ？」

「明日向こうに行くんだ。しばらくはウィークリーマンション住まいだけどね。引越しは十月の中旬くらいだろう。何もないところらしいからな。早くこういう店を探さんといかんな」

普段は物静かに飲んでいる遠藤も、この日は多弁だった。

浮かんでくる感情を自らかき消そうとしているからかもしれない。他愛もない話題に盛り上がっていた。

細川は時折遠藤の方を見つめるが、話題に入ることはなかった。

その時、有線からあの曲が聞こえてきた。
みのや雅彦『百の言葉、千の想い』
二コーラス目に入った時、細川はもう涙をこらえることは出来なかった。

――
ねぇお願い　ひとつだけ　叶うなら　ずっと二人でいさせて下さい
ねぇお願い　どんな人生だろうと　どうか二人を引き離さないで下さい

百の言葉　千の想い　伝えきれない　もどかしさ
ただ　愛してる

かつて梅澤がこの曲を聞きながら、静かに泣いていた。

細川にもおそらくそれと同じであろう感情が湧いてきた。

未来はいつまでもあるものだと思っていた。しかし共に歩む未来を奪い去られようとしている今、無限だと思っていたものが有限であることをはじめて知った。

本当に行ってしまうのか。

もうこの三人で同じ目標を追っていけないのか。細川の胸はせつなさでいっぱいになった。

そして、以前上司だった渡辺に言われたように、自らが歩んだ足跡をただ見つめていた。あの時にもっと出来ることがあったのではないか、歩み方に工夫が出来たのではないか。今さらどうしようもないことを、ただ眺めては悔いていた。

村崎が遠藤越しに声をかけた。

「細川君、今日はやけに静かじゃないか」

「それは……」

視線を落とす。村崎は優しく微笑んだ。

「別れだと言っても、死ぬわけじゃない。また縁が引き寄せれば必ず会える。それに君たちが過ごした時というのは、過去と名を変え、永遠に残るじゃないか。その過去を胸に歩んでいくことしか、君たちには出来ないんじゃないか」

遠藤は静かに目を閉じて、黙っていた。

「それからね、一つおせっかいを言っておくよ」

細川と青木は視線を上げ、村崎を見つめた。

「一緒に過ごした時も大事だ。それは間違いないことだ。しかしそれ以上に大事なのが、遠藤の下を離れる『今から』なんだよ。この遠藤という男から何を学んだのか、本当の意味で現れてくるのが、離れた後なんだ。こいつは間違いなく、これからの君たちを見ているよ」

村崎は遠藤の心を代弁しようとしているのかもしれない。目を閉じていた遠藤が、細川たちを見ることなく、視線を真っ直ぐに見据えたまま言った。

「マスター、私にはかつて師と仰いだ人がいました。

その人に、目の前の小さな利益に走るんじゃなく、人としての綺麗ごとを貫いていけ、そう教えられたんです。

でもその人の下を離れて、いつの間にかそれを忘れてしまっていた。自分自身の中に深く根付いてはいなかったんですね。それを彼らから改めて教えられた気がするんです。だから私がいなくても、彼らがいればお客様を守っていけるし、逆に私が一から学びなおす時がやってきたんだと思っています。

彼ら自身が道を違えないように導いてくれる人も近くにいるし……」

それが誰とは言わなかった。

手元に視線を落とした遠藤は、細川と青木をまっすぐに見つめた。

「これからは、もう一度同じ立場で一から学んでいくよ。人として、本当に綺麗ごとを貫けるようになって、必ずここに戻ってくる」

遠藤の言葉に、細川は無言でうなずいた。

「綺麗ごとを貫く、か。強い意志が必要やね」

ヤッさんがビールの入ったグラスを傾けた。

「でも大人たちがそういう姿勢ば貫いていけたら、社会は間違いなく良くなっていくね」

「そうですね。私にそれを教えてくれた人も、続く世代にそれを示していかなければならない、そう言っていました」

深くうなずき、ニコッとした。

「北極星ば見つけんしゃい」

「北極星？」

ヤッさんが言った。

「そうたい。目指す先に向かって歩み続ける中で、どこに向かって歩いとるか分からんようになることが起こってくる。

そういう時に、いつも見返せる目印、北極星を自分の中に持っておくことが大事ったい」

なるほどな。村崎も遠藤も、細かくうなずいていた。

「遠藤さんが違う場所に行っても、目指す北極星さえ共有しとったら、お互いの位置を見失うことはなかろう」

「そうですね……。確かにそうです」

「でもマスター、その北極星ってどうすれば」

細川の言葉を聞いたヤッさんが、伊庭を見た。

「この間の話、みんなに教えちゃりぃ」

え？　というような表情で、細川は伊庭の方を向いた。

驚いたのは細川だけではなかった。遠藤もびっくりして伊庭に注目した。

いつも静かにただニコニコしながら飲んでいる伊庭が、このタイミングで発言することに、多少の違和感を感じた。

「この間のって？」

「パール、やったっけ？　裁判官の、おったろうが」

「ああ、パール判事ね」

「あの人も綺麗ごとと言えることば貫いたっちゃなかかね」

「そうね。そのことね」

視線が伊庭に集まった。

「昔ね、東京裁判ってのがあったったい。そこで権力に屈することなく、正義を貫いた人がおったと」

ぼそっぼそっと言葉を発していった。

初めは違和感を持って聞いていた細川も、次第に伊庭の放つ言葉に引き込まれていった。

先の大戦が終わった後、通称東京裁判と言うものが行われた。

喧嘩両成敗。それを完全に無視し、喧嘩に勝ったものが負けたものを復讐のために裁く。国際法という法律を司る司法官として、そして世界一の国際法の権威として、この理不尽な裁判に参加していたのがパール判事だった。

ラダビノード・パール。

インド人の彼は、東京裁判に判事として出廷していた。

事後法。およそ法治国家としてはあるまじき行為。それにより日本を裁こうとした連合国。

「例えば禁酒法というものが出来たとして、今後酒を飲んだ人は有罪というだけじゃなく、過去に酒を飲んだことがある人も有罪。そんなことがまかり通る。これはおかしかろう？

そういうことが起こったとよ」

そんなことになったらここにいる誰もが有罪だった。

国際法を完全に無視したこの法廷の中にあって、十一人の判事でただ一人。真理を真理として貫き、日本無罪の主張をした。

白人しか「人」として認められなかったような当時の世界情勢の中で、有色人種でありながら、命を賭して自らの信念を守り通した。

己の信念に基づいて、正しいことを正しいと言う。それを権力に屈せずに言い続けるということは、とてつもなく勇気がいることだ。

それでも利権や人種差別などの強者の主張をものともせず、国際法という唯一の北極星を見つめ続けた。

今回の大戦での最も大きな災害、最も大きな犠牲、それは真理である。そう語った彼は、すべてを一方的に退けられてからも、生涯を通してその姿勢を貫いた。

『ああ、真理よ。あなたは我が心の中に在る。その啓示に従って、我は進む』

パール判事の言葉、というより決意だろう。

淡々と語った伊庭が、またいつもの、静かで無口な男に戻った。

遠藤は以前大野から、「歴史に学べ」と教えられたことを思い出した。

歴史に名を残した偉人との対話の中で、感じることがある、学ぶべきものが見つかる、そう教えられた。

この日本で偉人と言われる人たちがなぜ光っているのか。それは今なら綺麗ごとと言われるようなことを貫いているからなんだ。

大野の言葉が蘇ってきた。

「歴史の中に、私たちの北極星があるのかもしれませんね」

「そうたい。それさえあれば、横の距離なんて関係なか。縦の距離の方が大事ったい」

縦の距離。

そうだ。目指す先が同じだったら、どこにいてもいつか近づいてくる。

方向が同じなら、進んだだけ横の距離は狭まっていくんだ。過去に進めば遠くなり、未来に進めば近くなる。必ず道が重なることもあるんだ。

細川の目にも、ようやく希望の光が灯された。


「しばらくのお別れだ」

多幸八を出た後、遠藤が右手を差し出した。

「次に会う時が楽しみだ。今度こそ、私は貫き通してみせる」

「はい」

細川と青木は、強く握り返した。

距離なんて関係ない。心さえつながっていれば。

何度もそう心の中で唱えた。何度も……。

去っていく遠藤の背中をずっと見ていた。

完全に見えなくなった時、涙が一筋落ちた。

頭ではこの別れの意味を理解しているはずだった。


それでも、想いが……、涙になった。


真下に落ちていたはずの影が、昼間でも少しずつ長くなってきていた。

暑さも和らぎ、スーツを脱がなくてはならないほどではなくなった。

展示場もにぎわいを見せていた。

十一月からは来場が無くなるぞ。十二月までの集客をこの時期にしておくんだ。支店長からのＦＡＸが毎週届いた。

細川は設計の藤田と松永様の打ち合わせに行っていた。詳細設計の打ち合わせだった。

「図面と資金計画についても相談してきます」

細川はその言葉に、遠藤から聞いていた二人を思い浮かべていた。

契約前をスムーズにし、そして契約後を綿密に。

確かに契約後も一対一にはならないのだから、気が抜けない。でもこれが本来の姿なんじゃないか。

ホームサービスにいた細川だからこそ、作ってしまってからでは取り返しがつかない家づくりには、第二の目が必要だと確信していた。

事務所に戻ると、一枚の絵ハガキが置いてあった。日本人ではない人の肖像画が描かれていた。

宛名を見る。遠藤からのものだった。

「北極星」

そう書かれた下に、ラダビノード・パールと書かれてあった。多幸八で伊庭に言われたあの名前。もちろん細川も自分で調べた。遠藤もそうだった。

周りがどうであろうと、自分に利益がまったくなかろうと、人として正しいと信じることを貫く。

その歩む姿を続く世代に見せていく。

綺麗ごとだ何だと言われても、ずる賢くは生きない。

改めて心に誓った。


細川は外に出た。空を見上げて大きく息を吸い、そして吐いた。

うろこ状に広がった雲が空をいっぱいに覆い、太陽の光を和らげていた。

遥か高いところに小さく飛行機が見え、その後ろに真っ直ぐ伸びた飛行機雲がいつまでも消えなかった。

過去が消えないように……。

明日は雨なのかな。細川はそんなことを考えながら、遠藤からのハガキを手帳の内ポケットに入れた。

エピローグ

ここは、おでん屋『多幸八』変わった客が何かを求めて飲みに来る。

ここに来る誰もが、何か想いを持っている。

言葉に出来る想いと、出来ない想い。それぞれが精一杯身を削り心を削り生きていく中で、命の休息にやってきてくれている。そこまで考えてはいないのかもしれないが、俺自身はそんなつもりで接している。

想いをすべて言葉にすることは出来ない。

そういう意味で、言葉の中には真理はないのかもしれない。真理は言葉に出来ないのだ。

それでも何とか言葉に表現したいと、人はもがきながら言葉を紡いでいる。

うちにやってくる奴らも、そうやって、もがいているんだろう。もちろん俺自身が一番そうなのだろうが……。

うちには常連だけの箸がある。娘が考案したものだった。名前のシールの下に斜めに収まった箸。

常連という基準、かつてはあったのかもしれない。いつしか俺が気が合う仲間なのかどうか、それで判断してしまうようになってしまった。というより、そういう仲間しか、結果的に常連にはなっていかないという方が正しいのだろう。

半年に一度はこの箸立てを整理する。もう来ないだろう奴もいる。別に悪いことじゃない。よくあることだ。

箸立てに貼ってある名前のシールを一枚ずつ剥がし、そして新たに名前を書く。顔を思い浮かべながら、感謝の気持ちが湧いてくる。

遠藤。その名前を書く時、ふと手が止まった。T市への転勤。いつ戻って来れるのだろう。もしかしたらもう戻って来れないのかもしれない。この店に来ることはあるのだろうか……。

しかし細川は必ず帰ってくると言っていた。ここに必ず戻ってくると。

あの二人にもそんな信頼関係が芽生えていたんだな。お互いにグチりあっていた頃が懐かしい。

これから短い秋になり、そして冬に向かう。季節が変わる毎に人の心は離れ、そしてまた近付く。ここに来ている間だけでも、心は近付いてほしいものだ。

おでんの出汁を沸かしている寸胴から、カタカタと音が鳴りだした。火を止める。少し味をみてから、湯煎してあるおでんに足した。

十七時を回り、のれんを出して、下の提灯に明かりを灯した。今日もまた始まるな、そう思った。

しばらくしてドアの鈴が鳴った。いつもの顔だ。

「伊庭、お帰り」

いつもの席に座る。いつものように瓶ビールを抜いた。

「今日は何ば食うね？」

「うん、マスターに任せるよ」

「お前はいつもそげんあるね」

名前のシールに「遠藤」と書き、それを「細川」の箸立ての横に貼った。

《完》

おわりに

貨幣経済の時代は終わり、これからは人間経済の時代になっていくと、師である北川八郎先生は教えて下さいます。

私たち日本人は、もともと「はたらく」と「稼ぐ」とを、同じものとは考えていなかったそうです。それが同じもののように理解されていく中で、人を助けるとか正しく生きるというようなことが、「綺麗ごと」と言われ、捨てられるようになってしまいました。そして、ずる賢さが正当化されるような世の中になっていきました。

効率良く稼ぐ。そういうテクニックやノウハウが巷に溢れていますが、それに違和感を感じる人が多くなっているのも事実でしょう。もう疲れた、という表現が正しいのかもしれません。

お金をたくさん持っている人のもとに人が集まる時代から、人としての魅力、本物を求める時代への変化。それが目の前までやってきているのでしょう。
論語には、「徳は孤ならず。必ず隣あり」とありますが、人としてどうなのか、私たち日本人が持っていた意識に立ち戻る時が来ているのではないでしょうか。

ビジネス書なのにも関わらず、いつもテクニック的なものを一切書かず、マインド的なものだけを書き続けていますが、ここに「はたらく」ということの本質があるのではないかと思っています。テクニックやノウハウを身に付けるだけでは、たどり着けない場所があるのだと感じています。
今回は更に、「綺麗ごとを貫く」という、青臭すぎると言われそうなテーマでストーリーを仕上げました。一見そんなんじゃ通用しないと言われるようなものの中に、人間経済で評価される重要なものが隠されていて、本来私たちが一番価値を感じていたものがあるのだと信じています。そしてそれこそを次の世代にしっかり残し、託していきたいと感じるのです。

前二作と違い、今回はマイホームの営業という舞台を選びました。私自身が歩んできて、そして今歩んでいる道でもあり、その分今までよりも更に力が入る作品になりました。とは言っても大豪ホームは架空の住宅メーカーです。母校である大濠高校にちなんで、名付けさせて頂きました。

お世話になっている不動産、および住宅業界の向上に少しでも役に立てれば幸いです。

家づくりお助け隊のパートナーとして、温かく応援下さっている松信健太さん、由江さん、いつも本当にありがとうございます。

いつも最高のアドバイスをもとに、私の能力を一二〇%に引き上げて頂き、私のわがままを受け入れつつ最高の形に仕上げて下さるエイチエスの斉藤和則専務、このご縁を下さり、そして遥か前を歩み続けて下さる中村信仁永業塾塾長。お二人とのご縁のおかげで今の私があります。ありがとうございます。

そして北川八郎先生、導きに感謝します。

本に登場したいと言い続けている裕美、蒼敬、琉空、美海。今回も残念ながら登場させることが出来ませんでした。ごめんなさい。楽しい家族に恵まれ、日々幸せを感じています。いつもありがとう。

最後にこの世に生を下さった父敬三と母節子に感謝を贈ります。

香月　敬民

参考文献

『営業の神さま』　中村信仁　エイチエス

『日本の偉人100人〈上〉〈下〉』　寺子屋モデル　致知出版社

『常用字解』　白川静　平凡社

『日々これ掃除』　鍵山秀三郎　学習研究社

『素心のすすめ』　池田繁美　モラロジー研究所

『暮らしうるおう江戸しぐさ』　越川禮子　朝日新聞出版

『きみならできる！「夢」は僕らのロケットエンジン』　植松努　現代書林元気が出る本出版部

『成功の実現』　中村天風　日本経営合理化協会出版局

『パール博士　平和の宣言』　ラダビノード・パール著　田中正明編著　小学館

参考ウェブサイト

ウィキペディア

著者プロフィール

香月敬民　かつき　たかおみ

昭和50年福岡県生まれ

立命館大学文学部哲学科卒業

大学在学中から、文学部でありながら本をほとんど読まなかった。しかし卒業後10年以上過ぎた後、隣の席の同僚が読んでいた「営業の魔法(中村信仁著)」をたまたま手に取ってから、一気に本との出会い、言葉との出会いに没頭するようになる。恩師や先輩から「本を読みなさい」と言われていた意味を、35歳にしてようやく知ることになる。住宅メーカーで15年営業をした後、売り手側から離れた立ち位置でお客様の家づくりをサポート出来るようにと、マイホームプロデューサーとして独立。ハウジングストーリー代表。「家づくりお助け隊」としての活動もしている。土地選びや家選びからお金の裏話まで一気に学べる家づくりお助け隊のセミナーでは、他では得られない本質的な情報が得られると好評を得ている。

中村式永業塾福岡ステージリーダー

著書　「永業という道～僕が歩んだ９つの道～」

「営業が永業に変わるとき～永く評価され続ける営業の理由～」

(共にエイチエス)

【ハウジングストーリー 伝えたい言葉 届けたい想い】

初　刷 ——— 二〇一四年四月三〇日
発行者 ——— 斉藤隆幸
発行所 ——— エイチエス株式会社　HS Co., LTD.
064-0822
札幌市中央区北2条西20丁目1-12佐々木ビル
phone : 011.792.7130　fax : 011.613.3700
e-mail : info@hs-prj.jp　URL : www.hs-prj.jp
印刷・製本 ——— 中央精版印刷株式会社

ISBN978-4-903707-48-8
JASRAC 出 1403056-401